KB121213

로크미디어가
유혹하는
재미있는 세상

ROK
MEDIA
로크미디어

아이템
매니아

아이템 매니아 7

2017년 12월 4일 초판 1쇄 인쇄
2017년 12월 7일 초판 1쇄 발행

지은이 오메가쓰리
발행인 이종주

기획 팀 이기헌 왕소현 박경무 이승제
책임 편집 최이슬

발행처 (주)로크미디어
출판등록 2003년 3월 24일
주소 서울시 마포구 성암로 330 DMC 첨단산업센터 3층 314호
Tel (02)3273-5135 Fax (02)3273-5134
홈페이지 rokmedia.com E-mail rokmedia@empas.com

ⓒ 오메가쓰리, 2017

값 8,000원

ISBN 979-11-294-2937-7 (7권)
ISBN 979-11-294-0457-2 04810 (세트)

아이템 매니아

7

오메가쓰리 퓨전 판타지 장편소설

ROK
MEDIA

로크미디어

contents

Chapter 1

리카온, 그는 아르카디아라는 섬의 왕이었다.

비록 좁디좁은 섬에 불과하나, 그곳에서 그는 절대적인 존재였다.

정점에 선 자에게 교만이 찾아오는 건 순식간이었다.

그는 신이라는 존재에 의문을 품기 시작했다.

과연 그들이 전지전능한 게 맞는가.

그들이 나보다 위에 있을 자격이 있는가.

의문을 풀기 위해 자신의 이름을 딴 리카이온 산에 제우스를 모시는 신전을 지었다.

물론 외형만 신전일 뿐, 그 안에서 벌어지는 건 신성한 의식이 아닌 세상에서 가장 추악한 일이었다.

어린아이, 노예, 전쟁 포로, 심지어 자신의 외손자인 아르카스마저 인신공양人身供養의 제물로 삼았다.

그것은 제우스를 시험하기 위한 것.

그 누구도 접근할 수 없는 곳에서 저지르는 불경을 그는 과연 알 수 있기나 할까.

안타깝게도 제우스는 이 모든 사실을 보고 있었다.

다만 그렇게 하도록 내버려 둔 건 그들에게 내린 마지막 기회였을 뿐이다.

밤이 깊은 어느 날 내리친 벼락이 리카온의 자식 50명을 불태워 죽였다.

남은 것은 리카온 하나뿐이었다.

절규하는 그에게 독수리의 모습으로 현신한 제우스가 말했다.

"인간의 고기를 먹는 게 소원이더냐. 그럼 영원히 그렇게 살 수 있도록 해 주마."

곧이어 리카온의 피부를 뚫고 검은색 털이 자라나 그의 몸을 덮기 시작했다.

이어서 날카로운 발톱과 송곳니까지 자라났는데 그 모습은 영락없는 늑대였다.

늑대 인간.

라이칸스로프라 불리는 최초의 괴물이 탄생하는 순간이었다.

'어쩐지. 그렇게 찾아도 볼 수 없더니.'

이야기만 보자면 4막과 연결되어 있는 인물이다.

하지만 아무리 찾아도 그에 대한 정보만 있을 뿐 만날 수 없었다. 그런데 녀석을 2막이나 지나 이곳에서 볼 줄이야.

그것도 4막의 존재라곤 생각할 수 없을 정도의 강력함을 갖춘 채 말이다.

우우우-.

모습을 드러낸 리카온이 만월을 보며 울부짖었다.

-악의에 찬 리카온의 포효가 울려 퍼진다.

-입문자의 능력치가 100퍼센트 감소.

-미지의 공포로 인해 움직임이 둔화됨.

"뭐, 뭣!"

모두의 귓가에 파고든 알림에 경악을 금치 못했다.

지금껏 많은 괴물을 경험했고, 그중엔 피어와 같은 고유 권능을 지닌 존재도 있었다.

하지만 대다수 50퍼센트 이하의 능력치를 감소시킬 뿐이었다.

그런데 지금 알림은 100퍼센트 감소를 알리고 있었다.

피어가 사기적인 권능이라곤 하나 100퍼센트라니.

말도 안 된다고 생각했다.

'이거 골치 아프게 됐는데.'

다른 이들과 마찬가지로 정훈 또한 그 알림을 들었다.

있을 수 없는 일이다.

만약을 대비하기 위해 이미 보리수 열매를 먹은 뒤였기 때문이다.

정신계 공격에 한해선 면역 상태인 그가 똑같은 알림을 들었다는 건 한 가지 사실을 나타낸다.

'사대 마룡보다 강하다!'

마룡들의 피어도 뚫지 못한 보리수 열매의 효능을 압도했다.

그렇다는 건 리카온의 능력이 각성한 사대 마룡보다 우위에 있다는 것을 증명하는 것이었다.

예상보다 더욱 강력한 적의 등장에 준비한 모든 것을 사용하기 시작했다.

21개의 능력치 향상 물약을 들이켜자 몸속에서 기운이 용솟음쳤다.

그리고 이번에는 중독도를 사용하지 않는 특별한 소비 용품 '오일'을 사용했다.

마치 수은을 연상케 하는 은색 액체를 그람에 끼얹자 황금빛 광채의 검이 은색으로 물들었다.

성인聖人의 가호라는 전설급 물약으로 무기에 바를 시 은의 속성을 깃들게 해 저주받은 존재에게 추가적인 피해를 준다.

저주받은 존재, 특히 늑대 인간의 경우 은제 무기에 취약하다는 정보를 알고 있었던 정훈은 당연하다는 듯이 이를 이용하고 있었다.

─솔로몬 왕의 '체술體術' 획득.

정훈의 성장과 함께 한층 더 많은 마기를 머금을 수 있게 된 솔로몬의 반지는 지금껏 보지 못했던 능력, 체술을 부여했다.

체술이라 함은 몸을 다루는 기술을 뜻하는 것.

정훈의 순발력은 화에서 한 단계 격상해 입신入神의 경지에 이르렀다.

─33권좌의 마신 게압이 왕의 요청에 응함.
─게압의 권능 '순간 이동' 부여.

비록 상위 권좌의 마신은 아니나 공간을 다스리는 능력자인 게압의 순간 이동을 부여받아 절대적인 회피기를 얻을 수 있었다.

이것이야말로 만전이 아니고 무엇이겠는가.

"내가 말할 때까진 절대 움직이지 말고 숨어 있어. 물론 죽고 싶다면 말리진 않겠지만."

본격적으로 뛰어나가기 전 경고를 잊지 않는다.

"명심하겠습니다."

감히 누구의 말이라고 거역하겠는가.

준형의 단호한 대답을 끝으로 정훈의 흔적이 사라졌다.

의지를 움직이자 그의 육신은 어느새 리카온에게 닿아 있었다.

움직임이 빠른 게 아니다.

게압의 권능을 이용해 공간을 뛰어 넘은 것이다.

그람이 움직인다.

기교 하나 들어가지 않은 횡 베기.

하지만 그 공격은 세상 그 무엇보다 빨랐고, 또한 강력한 힘을 담고 있었다.

카카칵!

모든 것을 베어 넘길 것 같았던 그람은 장애물에 걸려 더는 움직이지 못했다.

그 궤적을 막아선 건 삐죽이 솟아난 리카온의 손톱이었다.

오직 핏빛으로 붉게 충혈된 눈이 정훈에게 향했다.

텁.

강철과도 같은 송곳니가 맞물리며 요란한 소리를 냈다.

노린 것은 정훈의 목이었으나 재빨리 물러난 그 움직임으로 인해 실패로 돌아간 것이었다.

'빨라.'

희미한 궤적만을 느낄 수 있었다.

만약 체술로 인해 입신의 경지에 이르지 못했다면 결코 피하지 못했을 것이다.

그도 그럴 게 늑대 인간의 종족 특성 중 하나가 뛰어난 순발력이었기 때문이다.

아무리 입신의 경지에 이른 순발력이라 해도 각성한 사대 마룡으로 인해 한계의 수준으로 탄생한 리카온의 움직임을 파악하는 건 쉽지 않은 일이었다.

하지만 그 모든 건 어느 정도 예상하고 있었던 일.

치이익.

그람을 가로막고 있던 손톱이 녹아내렸다.

늑대 인간과는 상극이라 할 수 있는 은 속성이 위력을 발휘하고 있는 것이었다.

"크앙!"

손톱이 기능을 다하기 전 힘으로 밀어붙였다.

밀어내는 그 힘을 거스르지 않은 채 부드럽게 받아 내며 뒤로 튕겨져 나갔다.

물론 그냥 몸을 빼는 건 아니었다.

정훈은 순간 이동의 권능을 발휘했다.

그가 나타난 곳은 리카온의 등 뒤.

곧장 그람을 아래로 내리그었다.

스윽.

튕겨져 나가던 녀석이 설마 등 뒤로 이동해 올 줄은 리카온도 예상 못 한 것이었다.

특유의 반사 신경으로 몸을 날리긴 했으나 등짝에 길게 이어지는 혈선은 막을 수 없었다.

크르르.

상처 입은 짐승이 낮게 울부짖었다.

상처는 살짝 베인 정도였지만, 은제 무기로 인한 추가 피해로 인해 상당한 고통이 엄습했다.

우우.

처음 등장했을 때처럼 만월을 향해 긴 울음을 토해 냈다.

심상치 않은 기운을 감지한 정훈이 경계 가득한 눈으로 녀석을 응시했다.

그리고 잠시 후, 그는 놀라운 광경을 확인할 수 있었다.

하늘에 떠 있는 달빛이 더욱 환해졌다.

그것은 이내 스포트라이트를 비추듯 리카온에게 집중되었고, 달빛을 받은 리카온의 상처가 급격히 아물었다.

등짝의 상처는 물론 조금 전 그람에 의해 반쯤 녹아내린 손톱 또한 원상복구되었다.

그 모든 게 완전히 낫기까지 걸린 시간은 채 1초가 되지 않았다.

놀라울 정도의 회복력이었다.

하지만 더 큰 문제는 따로 있었다.

팟!

날카로운 손톱이 정훈의 뺨을 스치고 지나갔다.

오른쪽 뺨에 5개의 혈선이 그어지고, 그곳에서부터 선혈이 맺혀 지면으로 떨어졌다.

비록 큰 상처는 아니나 상황이 좋지 않다.

리카온의 고유 권능 중 하나가 '멈출 수 없는 출혈'이다.

녀석에게 상처를 입을 경우 지혈이 불가능하다.

녀석이 살아 있는 한 이 저주와도 같은 권능을 없앨 수 있는 방법은 없다.

얕게 베였다 해도 출혈을 멈출 수 없는 탓에 시간이 지날수록 불리해지는 건 정훈이었다.

게다가 이번 한 번의 상처로 끝난다는 보장도 없었다.

더 이상의 상처를 허용해선 안 된다. 정훈은 안구에 힘을 주었다.

지혜의 가면이 지닌 어긋난 시간이 발휘되었다. 어마어마한 마력을 소모하는 권능이지만 그 효과는 탁월하다.

주변의 시간이 느리게 흘러갔고, 그곳에서 자유로울 수 있는 건 그가 유일했다……라고 생각했다.

"큭!"

비명이 터져 나오는 걸 막을 수 없었다.

리카온의 손톱이 팔목을 스치고 지나간 탓이었다.

이번에는 뺨처럼 얕지 않다.

조금 깊숙이 베어 살점이 파였다.

물론 상처에서 나오는 출혈도 상당했다.

"제길!"

참았던 욕지거릴 내뱉었다.

처음부터 범상치 않았던 리카온의 움직임이 더욱 빨라졌다.

절대 착각은 아니다.

어긋난 시간을 활용했음에도 처음보다 더 움직임을 파악하는 게 힘들었던 것이다.

'달이 문제구나!'

원인을 파악하는 건 어렵지 않은 일이었다.

어둠을 비추는 달빛, 리카온을 향한 스포트라이트를 기점으로 움직임이 달라졌다.

그것은 시간이 지날수록 더욱 극명해지고 있었다.

동시에 정훈은 한 가지 정보를 떠올렸다.

그것은 늑대 인간이라는 종족에 대한 정보가 기록되어 있었던 서적의 글귀였다.

늑대 인간은 만월에 가까울수록 더욱 강력한 힘을 발휘하는 것은 물론 믿을 수 없는 재생 능력을 보이기도 한다.

전설에 의하면 시초의 늑대 인간은 달빛을 마음대로 조절할 수 있다고 전해진다.

두 가지 단서를 조합하면 리카온의 변화를 설명할 수 있다.

저 하늘에 떠 있는 만월이 녀석을 강하게 만들고 있다.

달빛 아래 있는 이상 녀석은 무적이다.

이미 답은 정해져 있었다. 더 만월을 감춰야만 녀석을 쓰러뜨릴 수 있는 것이다.

하지만 어떻게…….

아무리 난다 긴다 하는 정훈이라 해도 달을 없애는 건 불가능한 일이었다.

'생각해라. 생각해. 이 세계에 불가능한 일은 없다.'

정훈은 점차 빨라지는 리카온의 공격을 순간 이동으로 피해 가며 머리를 굴렸다.

하지만 마땅히 떠오르는 게 없다. 오히려 집중이 분산되어 상처만 늘어 가고 있었다.

스팟!

조급했기 때문일까, 아니면 달빛으로 인해 감당할 수 없게 되었음일까.

결국 녀석의 손톱이 정훈의 안면을 훑고 지나갔다.

세로로 그어진 혈선.

다행히 상처가 깊진 않으나 그곳에서 흘러나온 피가 입술 사이로 섞여 들어갔다.

비릿한 피 맛은 흔들리고 있었던 정훈의 정신을 일깨웠다.

죽을 수도 있다는 위기감은 그를 더욱 냉철하게 만들었다.

기껏 은 속성을 부여한 그람을 집어넣었다.

그리고 이를 대신해 손에 쥔 건 그간 활약할 기회가 없었던 몰니르였다.

"마구 내리쳐라!"

하늘을 가득 뒤덮은 먹구름 사이로 뇌광牢光이 번뜩였다.

하나하나가 대단한 위력을 지니고 있는 번개.

하지만 아무리 위력이 강하다 한들 맞추지 못하면 아무런 의미가 없다.

리카온은 마치 산책이라도 나온 듯 유연한 움직임으로 번개 사이를 빠져나왔다.

지금껏 수많은 적을 죽음으로 이끈 번개는 녀석에게 아무런 위해도 가할 수 없었다.

하지만 이 같은 광경에도 정훈의 입가엔 미소가 그려졌다.

'보인다.'

리카온의 움직임이 선명할 정도로 시야에 들어오고 있기 때문이었다.

인간을 초월한 정훈의 능력으로도 달을 파괴하는 건 불가능했다.

하지만 없애는 게 아닌 그 빛을 차단하는 것 정도라면 그리 어렵지 않게 해낼 수 있었다.

그 도구는 몰니르였다.

몰니르의 권능이 몰고 온 먹구름이 하늘을 뒤덮은 순간 세상을 밝혀 주던 달빛이 사라졌다.

어둠이 불러온 변화는 생각보다 대단했다.

궤적조차 희미하게 보일 정도로 재빠른 움직임을 선보이고 있었던 리카온의 움직임이 선명하게, 아니, 오히려 느릿하게 보였다.

정훈의 예상처럼 리카온은 만월에 의해 능력을 얻는 특성을 지니고 있었던 것이다.

만월을 잃은 리카온은 고작해야 화의 능력치로 무장한 괴물에 불과했다.

파지직.

정훈은 내리치는 번개 사이로 빠져나오는 리카온을 응시했다.

1초도 억겁이라 여겨질 정도의 감각이 그를 둘러쌌다.

정훈은 느릿하게 검을 들었다.

몰니르는 사라지고 그 자리를 어느새 그람이 대신하고 있었다.

상하좌우. 수만, 수십만 번 휘둘렀었던 경로에 선이 그어진다.

그 동작엔 특별한 기교는 없었다.

그저 습관처럼 몸에 움직임일 뿐.

위험을 느낀 리카온의 신형이 흐릿하게 변했다.

육안으로 분간할 수 없는 고속의 움직임.

녀석은 천지를 가득 메운 정훈의 공격을 피하기 위해 사방으로 뛰어다녔다.

절대 피할 수 없을 것이라 여겼던 은빛 선이 스쳐 지나간다.

마침내 그 모든 공격에서 벗어난 리카온의 손톱이 정훈의 가슴팍으로 파고들었다.

그건 분명 위기의 순간임에도 어째선지 정훈은 피하려고 하지 않았다.

육신을 갈기갈기 찢어 낼 것처럼 다가오던 손톱이 멈추었다.

고작 1센티미터만 다가가면 그 뜻을 이룰 수 있을 텐데도 전혀 움직이지 않았다.

그런 리카온을 응시하고 있던 정훈의 입술이 움직였다.

"도대체 뭘 피한 거야?"

툭.

이마를 건드리자 멀쩡해 보이던 리카온의 육신이 수백 토막으로 나뉘어 지면으로 떨어졌다.

－여섯 번째 시나리오 종료.

－생존 인원 12,317.

－활약에 따른 보상 정산 중.

'생존자 세 명이라…….'

어스 연합군의 총 인원은 12,314명.

시나리오 진행 중 성을 찾은 모든 입문자들을 죽였다.

당연히 생존 인원은 그들만 있을 것으로 생각했으나 뜻밖에 3명의 생존자가 더 남아 있었던 것이다.

어떻게 보면 고작 3명에 불과하다.

하지만 정훈은 소수이기에 더 긴장감을 느끼고 있었다.

고작 3명만으로, 아니, 어쩌면 각자가 강력한 적의 공세를 막아 냈다는 것을 의미하기 때문이다.

만약 이 모든 가정이 사실이라고 한다면 자신과 같은 강자가 적어도 3명 이상이라는 것을 의미한다.

신경이 쓰이는 건 비단 그뿐만이 아니었다.

'왜 모습을 드러내지 않은 거지?'

당연히 생기는 의문이었다.

이번 시나리오가 각 아지트의 영역에서 발생하는 개별 시나리오라고 하지만 그건 리카온이 등장하기 전, 아홉 번째 늑대 무리의 공격까지에 한해서다.

최종 보스인 리카온은 공동의 적으로 설정되어 있었다.

그렇기 때문에 좀 더 많은 보상을 얻기 위해선 녀석을 처치해야만 하는 것.

하지만 생존자 3명은 리카온이 죽음에 이르기까지 그 모습을 드러내지 않았다.

아홉 번째 늑대 무리를 감당할 수 있을 정도라면 충분히 실력에 자신이 있을 텐데 말이다.

'내겐 다행스러운 일이긴 한데.'

물론 의문은 의문일 뿐, 그 상황이 나쁘다는 건 아니다.

만약 리카온을 상대하는 도중 그들이 난입하기라도 했다면, 죽어 나자빠지는 건 자신이었을지도 모른다.

그로서는 무척 다행한 일이었다.

–정산 끝.

–활약도 76퍼센트의 압도적인 성적을 보여 준 입문자에게 모든 능력치 1천 상승의 축복과 '보상의 상자(오리할콘)'를.

–리카온을 처치. '언령 : 늑대와 함께 춤을' 획득.

–누구의 도움도 없이 리카온 처치 '언령 : 만월滿月' 획득.

언령 : 늑대와 함께 춤을
획득 경로 : 만월의 리카온 처치
각인 능력 : 모든 야수형 몬스터에 대한 피해 70퍼센트 증가. 공격시 20퍼센트의 확률로 야수형 몬스터에 대한 지배권 부여(탈것으로 이용 가능)

언령 : 만월
획득 경로 : 1:1로 대결해 리카온 처치
각인 능력 : 달빛이 비추는 곳에서 능력치 대폭 상승. 만월에 가까울수록 향상되는 능력치 폭이 올라감

연합군의 공동 소유로 되어 있는 마탑의 활약으로 100퍼

센트의 활약도를 달성하진 못했으나 그래도 보상 면에서는 더할 나위 없었다.

특이 만월의 위력은 직접 겪어 본 그가 가장 잘 아는 바였다.

언령의 세부 정보에 만족해하던 그의 시선이 아래로 향했다.

그의 발밑, 잘게 나눠진 리카온의 육신 주변에 떨어진 아이템이 눈에 들어왔다.

언뜻 보기에도 범상치 않은 것들이다.

렐레고의 부적을 발동시켜 일시에 보관함으로 쓸어 넣었다.

'2개는 건졌네.'

사대 마룡보다 더욱 강력한 적.

1개를 얻을 수 있었던 지난번과 달리 태고급 무구를 2개나 얻을 수 있었다.

'하나만 해도 감지덕지였는데, 지금은 대수롭지 않게 여기다니.'

스퀴테를 얻었을 때의 감동을 돌이켜봤을 때 새삼 그 차이를 실감할 수 있었다.

이제는 태고급 무구 정도는 성에 차지 않았다.

이제 그에게 관심을 끌 수 있는 등급은 하나다.

─과거 리카온이 삼켰던 강렬한 혼의 봉인이 해제됨.

조각난 리카온의 육신 위로 휘광을 뿜어 대는 기운이 떠올랐다.

신비한 건 형체를 알 수 없다는 사실이다.

처음 보면 둥근 것 같기도 하고, 또다시 보면 네모난 것도 같은 정체불명의 것이었다.

–불과 나무와 바람과 물의 검이 격렬하게 반응.

그것은 절대 정훈이 의도한 바가 아니었다.

의지를 품지도 않았건만 저절로 보관함에서 튀어나온 불과 나무와 바람과 물의 검이 느릿한 속도로 날아갔다.

휘광의 기운 또한 자석에 이끌리듯 날아갔고, 이내 하나의 검과 기운이 부딪쳤다.

–전체 안내 발송.

–지구 소속 입문자 한정훈이 최초로 태초 등급의 무구, 용광검龍光劍 획득.

–최초로 태초 등급의 무구를 획득한 입문자 한정훈에게 근력 1단계 격상의 축복을.

–태초 등급의 무기를 획득한 입문자 한정훈에게 '언령 : 신기를 찾는 자' 부여.

–용광검을 얻은 입문자 한정훈에게 '언령 : 신검神劍의 주인' 부여.

—신검의 등장으로 모든 차원에 봉인되어 있었던 신기 해금.

언령 : 신기를 찾는 자

획득 경로 : 최초로 태초 등급의 무구 획득
각인 능력 : 감각이 활성화 되어 신기를 좀 더 쉽게 찾을 수 있음

언령 : 신검의 주인

획득 경로 : 용광검 획득
각인 능력 : 검의 숙련도가 최대치로 보정

세계를 파괴할 수 있는 힘을 지닌 태초 등급의 무구.

그 자체로도 뛰어난 위력을 자랑하지만, 획득하는 것만으로도 놀라운 보상이 따라왔다.

특히 정훈의 경우엔 모든 입문자들 중 최초로 태초급의 무구를 획득한 것이었기에 더욱 다양한 보상을 받을 수 있었다.

홀린 듯 그의 눈이 정면으로 향했다.

분실되었던 검혼과 하나가 된 검, 용광검이 그 찬연한 자태를 뽐내는 중이었다.

특이하게도 일직선이 아닌 S자 형태의 날이었다.

자신도 모르게 그곳에 손을 가져갔다.

스팟.

웬만해선 상처를 입지 않는 강인한 피부를 뚫고 핏물이 새어 나왔다.

형태는 그다지 사람을 베는 것에 적합하지 않으나 그 날의

예리함은 정훈조차도 긴장시킬 정도로 날카로웠다.

날을 건드리겠다는 생각을 버린 채 용의 머리를 형상화한 손잡이를 쥐었다.

"우웁!"

그 순간 방대한 량의 정보가 머릿속에 주입되었다.

용광검.

그것은 천자天子 해모수가 사용하던 검으로 불의 난폭함, 물의 상냥함, 바람의 자유로움, 대지의 굳건함이라는 상이한 네 가지 힘을 모두 품은 하늘의 검이었다.

정점에 이른 네 가지 속성과 고유의 네 가지 권능을 지닌 태초급의 무기. 그 위력은 지금껏 정훈이 얻은 모든 무기를 합친다 해도 부족할 정도였다.

그것만으로도 충분히 놀랐다. 하지만 그를 더욱 경악케 한 한 가지 사실은⋯⋯.

'세트 아이템이라니!'

놀랍게도 용광검은 단일 아이템이 아니었다.

용광검의 원 주인인 해모수는 검뿐만이 아니라 오우관烏羽冠과 오룡거五龍車라는 특별한 신기를 이용했었다.

3개로 이루어진 무구를 모두 모아야만이 천왕랑天王郎 세트가 완성되는 것.

용광검 하나만으로도 능히 최고라 단언할 만하건만 그 세트를 모두 모으게 된다면 어떻게 될까.

상상하는 것만으로도 희열이 벅차 오를 지경이었다.

"어, 엄청나다."

"우와, 저건 도대체……."

사람들의 뜨거운 시선이 느껴졌다.

그제야 정훈은 이곳에 자신 혼자 있는 게 아니라는 것을 깨달았다.

힐끔 주변을 둘러보니 감탄, 경외, 부러움 등 복잡한 빛을 담은 시선을 확인할 수 있었다.

다양한 감정, 하지만 그중에서도 모든 이들에게 은밀히 스며든 감정은 바로 탐욕이었다.

만약 장내에 있는 모든 이를 압도할 정도의 강력한 힘이 없었다면 어떻게 됐을까. 보물에 눈이 먼 이들에 의해 짓밟혔을 게 틀림없다.

'이래서 방심할 수 없다니까.'

그들을 탓할 생각은 없었다.

원래 인간의 본성이란 게 그러하다는 사실을 알고 있었으니.

다만 또 한 번 결심하는 계기가 될 뿐이었다.

믿을 수 있는 건 나 자신뿐. 살아남기 위해선 강해져야 한다는 사실을 말이다.

과연 준형은 어떠한 눈을 하고 있을까.

그의 시선이 멀찍이 떨어져 있는 준형에게 향했다. 다른 사람들과 마찬가지로 자신을 향한 준형의 눈동자와 마주칠 수 있었다.

'웃어?'

설핏 미소를 짓고 있다.

훌륭한 무기를 얻은 정훈을 축하하려는 듯한 모습이었다.

'괜히 별종이 아니로군.'

생소한 감정. 하지만 그게 마냥 싫은 건 아니었다.

−제6 시나리오, 늑대와 나약한 입문자들 종료.

−보너스 시나리오 포털 작동.

−리카온의 육신 위로 포털 생성.

−포털 종료까지 남은 시간 9시간 59분 59초.

마침내 포털이 작동했다.

"보너스?"

"왜 7 시나리오가 아니지?"

그 알림을 듣고 난 이후 모두의 얼굴에 의문이 떠올랐다.

지금껏 단 한 번도 듣지 못했던 보너스 시나리오라는 단어를 들었기 때문이다.

궁금증을 참지 못한 이들이 포털 너머를 응시했다.

포털을 보면 다음 시나리오의 대략적인 풍경을 엿볼 수 있다.

수면에 비친 것처럼 흐릿한 풍경 속에서 답을 찾고자 한 것이지만, 그 뜻을 이룰 수 없었다.

"뭐야, 이게?"

포탈 너머로 보이는 풍경은 없었다.

오직 '?'라는 부호 하나만을 확인할 수 있을 뿐이었다.

"보너스 시나리오라니. 정훈 님은 이게 뭔지 알고 있습니까?"

마치 미래를 알고 있는 것처럼 정훈은 모든 시나리오를 꿰뚫고 있었다.

그것을 알고 있던 준형이 답을 얻고자 물었으나…….

"몰라."

의외의 대답이 나왔다.

그리고 당황한 준형의 귓가로 파고드는 한마디가 있었다.

"다만 한 가지는 확실하지. 이곳 너머는 상상도 할 수 없는 지옥이라는 것."

보너스 시나리오.

일명 '솎아 내기 시나리오'라 불리는 지옥의 문이 눈앞에 열린 것이다.

"지옥…… 말입니까?"

모른다는 말보다 더욱 당황할 수밖에 없었다.

정훈의 성격상 축소했으면 축소했지, 과장되게 말할 사람이 아니다.

그런 그의 입에서 지옥이라는 단어가 나왔다면 그 난이도
는 상상을 초월할 게 틀림없었다.

　"어떤 식으로 무대가 꾸며질지는 몰라. 그래도 한 가지 확
실한 건 이번 시나리오에서 어마어마한 수가 죽게 된다는
것. 그건 너와 부하들 또한 예외는 아니지."

　자신이 알고 있는 대략적인 정보를 뱉어 낸 후 입을 다물
었다.

　그 행동이 무엇을 뜻하는지 모를 리 없는 준형은 더는 묻
는 것을 포기했다.

　"이번에도 함께해 주시지 않겠습니까."

　대신 도움을 청했다.

　이번 6막에서처럼 도움을 받을 수만 있다면 단 한 명의 사
상자도 내지 않는 게 가능할 테니까, 그건 꿈으로 치부했던
일이다.

　죽을힘을 다해 실력을 향상시켜 놔도 다음 시나리오로 올라
가면 난이도가 급격히 상승해 사상자가 발생할 수밖에 없다.

　하지만 정훈은 압도적인 무력으로 불가능을 가능케 했다.

　그것은 지옥이라 불리는 다음 시나리오라고 해서 예외는
아닐 터였다.

　"안 해."

　어느 정도는 예상한 답이 나왔다. 하지만 그게 끝이 아니
었다.

"아니, 정확히 말하면 못 해."

"제대로 이해하지 못했습니다."

"도와주고 싶어도 도와줄 수 없다고. 포털에 들어가는 순간 제각기 다른 곳으로 흩어지거니와 다른 소비 아이템을 사용하는 게 불가능하니까."

"아이템을 사용하지 못하다뇨?"

"말 그대로야. 보너스 시나리오로 넘어가는 순간부터 자기가 지정한 무구 외에 모든 아이템을 사용할 수 없어. 그 누구라도 예외는 없지."

정훈은 지난날을 회상했다.

많게는 수백, 적게는 수십 번 경험할 수 있었던 다른 시나리오와 달리 보너스 시나리오의 경험은 다섯 번이 전부였다.

게다가 이 단계를 넘어선 건 고작 한 번.

아무래도 정보가 부족할 수밖에 없다.

그래도 아예 경험이 없는 건 아니니 중요한 몇 가지 정보를 추리는 게 가능했다.

1. 보너스 시나리오의 무대나 임무는 그때그때마다 달라진다.

2. 보너스 시나리오는 오직 한 가지 목적에 의해 시행된다.

3. 보너스 시나리오로 향하는 포털을 통과하면 소비 아이템 사용 금지 및 몇 가지 제한을 받게 된다.

다섯 번의 경험을 통해 정훈이 알게 된 정보였다. 물론 정훈은 이것에 대해 상세하게 말해 줄 생각은 없었다.

다만 충고 정도는 가능했다.

"내가 처음에 했던 이야기, 기억하나?"

"그저 살아남는 것, 그리고 강해지는 것만 생각해. 강해질 기회가 있다면 네 친구의 멱을 따서라도 기회를 잡아. 아니면 당하는 건 네가 될 테니."

놀랍게도 준형은 오래전 그가 해 준 말을 토씨 하나 틀리지 않고 기억하고 있었다.

"다시 말해 주려고 물은 건데 용케 기억하고 있네? 뭐, 그럼 이야기는 쉽지. 그 말을 되새겨. 보너스 시나리오는 입문자들의 수준을 걸러내는 시험의 장이자 본격적인 생존의 무대가 될 테니까."

세세한 부분까지는 아니지만, 이 정도면 지나칠 정도로 정보를 제공한 것이다.

다행히도 영특한 준형은 그 말의 숨은 의미를 깨달은 듯했다.

입술을 질끈 깨문 그 모습은 무언가를 결심하는 것.

"대충 알아들은 것 같으니 네 부하들과 잘 상의해 봐."

더는 할 말이 없다는 듯 손을 휘저었다.

"나중에 다시 뵙겠습니다."

반드시 생존하겠다는 의지를 돌려 말하는 것이었다.

'당연히 그래야지.'

아직은 쓸모가 많다.

그간 공을 들인 게 있는데, 여기서 나자빠지면 정훈으로서도 애석한 일.

그렇기에 그의 활약을 응원했다.

등을 돌린 준형이 멀어졌다.

자신의 부하들과 앞으로의 일정을 상의하기 위함일 터.

포털로 이동하는 데까진 상당한 시간이 소요될 것이다.

이미 모든 일을 끝마친 정훈은 지체하지 않고 포털을 향해 발걸음을 옮겼다.

첨벙.

현기증을 느낀 지금까지와 달리 마치 물속에 몸을 담근 듯했다.

'포근해.'

동시에 기분 좋은 포근함이 전신을 감쌌다.

태아로 돌아가 어머니의 양수 속을 거니는 느낌이라고 할까.

—제6 시나리오를 통과한 입문자님에게 진심으로 축하의 말을 전합니다.

기계와 같이 아무런 감정의 고조 없이 할 말만을 전하던 알림이었다.

하지만 지금 정훈은 상냥한 여인의 음성을, 그것도 존대를 들을 수 있었다.

'존대? 이런 건 겪어 보지 못했는데.'

다섯 번의 경험 동안 알림이 존대로 바뀐 건 처음이었다.

─제6 시나리오를 통과한 입문자라면 마땅히 존경받을 가치가 있습니다. 물론 한정훈 입문자의 경우엔 그분의 지대한 관심을 받고 있으니 조금은 특별한 경우에 해당되겠군요.

'속마음을 읽었어? 그보다 지금 나와 대화하는 거야?'

─오, 물론이에요. 비록 이 금제의 방에 한정되긴 하지만, 입문자들과 대화하는 게 가능하답니다.

이계에 관해 많을 것을 알고 있는 미지의 존재가 말을 걸었다. 정훈으로선 결코 놓칠 수 없는 기회였다.

'지금 말하는 넌 누구…….'

─이런, 이런. 안타깝지만 질문은 여기까지. 사실 한정훈 입문자와 사적으로 대화하는 건 명백한 월권행위랍니다. 꾸지람을 들을 수도 있으니 여기까지 하도록 하겠습니다.

아예 대화 자체를 원천봉쇄한 후 본연의 임무를 다하기 시작했다.

─자, 이제 본론으로 들어가서. 한정훈 입문자님은 이곳에서 몇 가지 제한을 받게 됩니다. 가장 먼저…….

말투만 바뀌었을 뿐 정훈이 익히 알고 있는 사실이었다.

모든 소비 아이템 및 지정한 무구 외의 사용을 금한다는 것.

─유의할 점은 여기까지입니다. 그럼 한정훈 입문자님은 어떤 무구를 선택하시겠습니까?

'지혜의 가면, 용린갑龍鱗甲, 천사옥대天賜玉帶, 수정장갑, 허공虛空, 솔로몬의 반지, 용환……. 무기는 용광검.'

이미 생각해 둔 바가 있었던 정훈은 막힘없이 지정 무구를 결정했다.

몇 가지 액세서릴 제외하면 모두가 태고급, 그리고 대망의 무기는 태초급의 용광검이었다.

그 무장의 상태로만 보자면 단연 모든 입문자들 중에서도 최고라 꼽을 수 있을 정도였다.

─선택이 완료됐습니다. 혹시 실수가 있을지도 모르니 다시 한 번 묻겠습니다. 이 무장을 지정하시겠습니까?

분명 이전보단 나긋하나 사적인 대화 때보단 감정이 섞여 있지 않았다.

하지만 그게 무슨 상관이랴.

어차피 원하는 대답을 듣지도 못하는 거 크게 연연치 않았다.

'변함없어.'

─해당 무장이 지정되었습니다.

철컥.

그리고 다음 순간 자물쇠가 맞물릴 때와 같은 소리가 들렸다.

보관함을 열어 보자 칸칸이 들어찬 모든 아이템에 자물쇠 표시가 새겨진 것을 확인할 수 있었다.

그가 의지를 움직여 그것을 꺼내려고 하자 또다시 음성이 들렸다.

—잠금 상태의 아이템을 사용할 수 없습니다.

예상한 알림이었다.

지금부턴 조금 전 지정한 무장 말고는 그 어떤 것도 사용할 수가 없다.

—모든 금제가 완료되었습니다. 지금부터 보너스 시나리오로 입장합니다.

쏴아아.

분명 눈에 보이진 않으나 물이 빠지는 소리가 귓가를 간지럽혔다.

그리고 정훈은 느낄 수 있었다. 휩쓸린 물살에 의해 자신의 육신이 어디론가 떠내려가고 있음을 말이다.

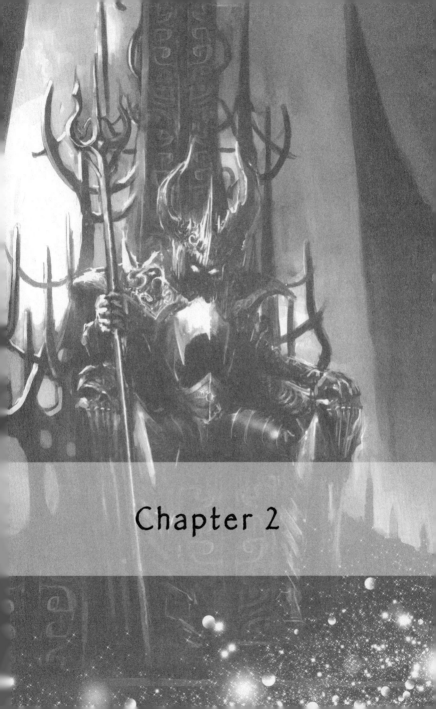

Chapter 2

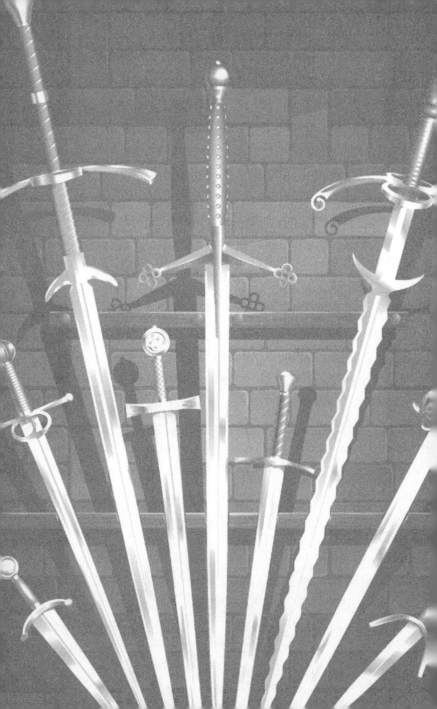

　마취약이 남은 것처럼 의식은 있었지만, 몸에 느껴지는 감각이 없었다.

　하지만 그것도 잠시였다.

　시간이 지날수록 등에 닿은 지면의 서늘한 기운이 느껴졌다.

　손가락을 움직여 보았다.

　까닥.

　움직인다.

　비록 원활한 것은 아니지만 의지에 따라 손가락이 움직이고 있었다.

　몸에 돌아오는 감각을 느끼며 눈을 떴다.

먼저 그를 반긴 건 눈부신 햇빛이었다.

아무리 강인함이 화에 이른 정훈이라 해도 햇빛을 정면으로 바라보는 건 불가능한 일이었다.

손으로 햇빛을 가린 후 몸을 일으켰다.

빠르게 감각이 돌아와 이제는 원활한 움직임이 가능했다.

'여긴……?'

주변을 살피던 정훈은 놀랄 수밖에 없었다.

하늘을 향해 높게 솟은 빌딩과 아스팔트가 깔린 지면.

그에게는 너무도 익숙한 세계인 지구, 게다가 그의 나라기도 한 한국이었다.

그건 한글로 쓰인 간판만 봐도 알 수 있는 부분이었다.

"이, 이곳은 어디?"

"으으음."

그곳에는 정훈만 있는 게 아니었다.

그와 같이 의식을 잃고 있었던 입문자들이 몸을 일으키고 있었다.

날카로운 그의 눈이 주변을 빠르게 훑었다.

아는 얼굴은 없다.

그렇다는 건 거리낄 것 없이 손을 써도 된다는 의미다.

이미 그는 주변에 있는 모든 이를 죽일 생각을 지니고 있었다.

물론 살육에 미쳐서가 아닌, 다른 이유가 있다.

–보너스 시나리오, '애들은 가라, 애들은 가'를 시작합니다.

–지금부터 제7 시나리오에 어울리는 입문자들을 선별합니다. 생존 가능한 수는 10만입니다.

–제한 시간인 10일 동안 10만 이상의 입문자가 살아 있다면 생존할 의지가 없다고 판단해 모든 입문자를 말살합니다.

–더불어 입문자를 처치할 경우 '죽음의 증표'를 획득할 수 있습니다. 이 증표는 푸른 지붕이 있는 곳에서 특별한 아이템으로 교환할 수 있습니다. 기존 시나리오나 괴물 처치를 통해 얻을 수 없는 각종 희귀하고 굉장한 아이템을 얻을 수 있으니 이 점 참고하기 바랍니다.

그 이유가 곧바로 흘러나왔다.

생존할 수 있는 수 10만.

게다가 10일이 지나도 10만 명 이상이 살아 있다면 모두가 죽는다.

10만 명이라도 살기 위해선 다른 이들을 죽여야만 하는 것이다.

어디 그뿐인가.

입문자를 죽일 경우 얻을 수 있는 죽음의 증표를 통해 각종 아이템을 획득할 수 있다.

지정한 무장을 제외한 모든 아이템이 잠금 상태가 된 이곳에서 유일하게 사용할 수 있는 아이템인 것.

아이템을 사용할 수 있다는 건 생존 확률을 높일 수 있다는 의미이기도 했다.

　내가 살아남기 위해선 남을 죽여야만 한다.

　그것이 바로 보너스 시나리오가 노리는 것이었다.

　─현재 생존자 수는 1,259,368명입니다. 부디 분발하여 10만의 생존
자가 되길 바랍니다.

　"으아악!"

　"커흐헉!"

　알림이 끝나는 순간 터져 나오는 비명.

　그리고 어느새 주변에선 아비규환이 펼쳐졌다.

　6막을 넘어왔다는 건 같은 입문자 정도야 아무렇지 않게
죽일 수 있는 의지가 있음을 뜻하는 것.

　확실한 동기마저 부여된 이상 망설일 이유가 없었다.

　실력에 자부심이 있는 이들이 무차별 살육을 저지르는 중
이었다.

　그 목표 중엔 정훈도 포함되어 있었다.

　"뒈져!"

　검은 갑옷을 입은 덩치 큰 사내가 거대한 대검을 휘두르며
다가왔다.

　비둔해 보이는 것과 달리 상당히 날렵한 움직임.

　자신을 보일 정도의 실력자였다.

화륵.

난폭한 불꽃의 기운이 스치고 지나가자 생명의 기운이 소각되었다.

검은 갑옷의 사내는 자신이 어떻게 죽음을 맞이했는지조차 모른 채 편안한 안식을 얻었다.

태초급의 무기 용광검에 의해서 말이다.

"시끄러우니까 그만 사라져."

용광검에 깃든 건 바람의 자유로운 기운이었다.

휘이잉.

한차례 바람이 장내를 휩쓸자 화면을 정지시킨 것처럼 모두의 동작이 멈췄다.

일시 정지한 모두의 공통점이라 하면 희미한 혈선이 목에 그어져 있다는 것.

스윽.

마침내 무게를 이기지 못한 머리가 지면을 굴렀다.

장난스럽게 펼친 일수.

그 일수는 반경 500미터 안에 있는 모든 입문자들의 목숨을 앗아 갔다.

자신의 반경 500미터 내에 있는 모든 입문자를 죽였지만 생각보다 그 수는 많지 않았다.

기껏해야 150명. 결국, 정훈이 얻은 죽음의 증표 또한 150

개에 불과했다.

물론 전리품은 죽음의 증표만이 아니었다.

입문자들이 지니고 있었던 각종 전리품이 바닥을 구르고 있었다.

금제를 당했기에 렐레고의 부적 또한 사용할 수 없는 처지다.

일일이 이곳저곳을 옮겨 다니며 바닥에 떨어진 전리품을 주워야만 했다.

"제길. 이것도 일이로군."

입문자를 처리하는 시간보다 전리품을 줍는 시간이 더 오래 걸렸으니 불평이 나올 수밖에.

그래도 정훈은 엄청난 순발력을 지니고 있어서 그리 오랜 시간이 걸리지 않은 편이다.

만약 평범한 다른 입문자였다면 여기저기 흩어진 전리품을 줍기 위해 족히 20~30분은 소요했을 것이다.

이에 반해 5분 만에 전리품을 회수한 정훈은 보관함 한쪽에 그것을 몰아넣은 후 잠금이 되지 않은 유일한 아이템 하나를 꺼냈다.

정훈의 손을 거쳐 지면에 놓인 건 다름 아닌, 검은 점박이 무늬의 알.

잘 여문 수박에 준할 정도의 크기를 지닌 그것은 요르문간드를 협박해 얻은 녀석의 알이었다.

본래 처음 알을 받았을 때 부화에 필요한 시간은 3천 일이
었다.

하지만 현재 남은 시간은 1,500일.

이계로 소환된 지 제법 많은 시간이 흘렀다곤 하나 그렇게
많은 시간을 보내진 않았다.

그렇다면 남은 시간을 어떻게 줄였을까.

그것은 요르문간드의 알이 지닌 특수한 능력 때문이었다.

까드득.

조금 전 얻은 입문자들의 무구를 가져가자 이빨과 같은 모
양으로 쪼개진 알이 그것을 씹어 삼키기 시작했다.

아직 부화하지도 않은 알이 먹이를, 그것도 단단한 무구를
삼키는 건 참으로 기괴한 광경이었으나 정작 정훈은 태연한
얼굴이었다.

그것은 그간 수차례 목격했던 알의 특수 능력이었기 때문
이다.

–요르문간드의 알이 유물급 무구를 섭취했습니다.

–부화 시기가 10시간 감소합니다.

무구를 섭취해 부화 시기를 감소시킨다.

1,500일이나 시간이 줄어든 건 바로 이 능력 때문이었다.

150명의 입문자를 처치하고 얻은 무구는 순식간에 알의 먹이가 되었고, 그 덕분에 50일의 시간을 줄일 수 있었다.

이제 부화까지 남은 시간은 1,450일.

'최대한 많은 죽음의 증표를 획득하고, 알도 부화시킨다.'

보너스 시나리오에 임하는 정훈의 각오였다.

어차피 살기 위해선 입문자들을 죽여야 했고, 덤으로 죽음의 증표와 알을 부화시킬 무구를 획득할 수 있다.

어찌 보면 이번 보너스 시나리오는 그간 묵혀 두었던 일을 처리할 수 있는 절호의 기회라 할 수 있었다.

그 자리에 주저앉은 정훈은 이 목표를 달성하기 위한 가장 효율적인 방법을 모색하기 시작했다.

***

푸욱.

예리한 날의 단도가 심장으로 파고들었다.

작은 신음조차 내뱉지 못한 사내는 지면에 몸을 누였다.

즉사였다.

곧 회색빛으로 물든 사내 주변으로 많은 전리품이 쏟아졌다.

흘깃 전리품을 확인하던 중년인의 얼굴이 일그러졌다.

"쌍, 거지 새끼였잖아."

생각보다 형편없는 수확에 욕지거릴 내뱉었으나 그것도 잠시였다.

피 한 방울 묻지 않은 단도를 한차례 털어 낸 후 바닥의 전리품을 회수했다.

"그래도 이게 있으니, 흐흐흐."

집게와 엄지를 이용해 집어 올린 건 검게 칠해진 동전.

바로 죽음의 증표였다.

오직 입문자를 처치해야만 얻을 수 있는 고유 아이템이다.

그것을 바라보며 음침한 웃음을 흘리던 중년인은 가죽 주머니를 꺼내어 그곳에 증표를 집어넣었다.

쩔그렁.

오직 증표로만 가득한 주머니는 꽤 묵직했다.

주머니는 100개나 되는 증표로 가득 차 있었던 것.

"단시간에 이 정도 모으긴 쉽지 않을걸."

자부심이 넘치는 말이었다.

그럴 수밖에 없는 게 이제 보너스 시나리오가 시작된 지 2시간이 지났을 뿐이다.

고작 2시간 만에 100명이나 되는 입문자를 처치할 수 있는 수준은 그리 많지 않을 거라 확신했다.

섬광閃光의 란돌.

수준 높은 전사들이 가득한 라스크 대륙에서도 손에 꼽히는 실력을 지닌 이였다.

특히 그는 은밀한 몸놀림과 암습 실력을 지닌 도둑으로, 같은 사람을 죽이는 데에는 도가 튼 살인자이기도 했다.

"목표로 했던 100개도 채웠으니 이제 가 볼까?"

연신 혼잣말로 중얼거렸다.

홀로 임무를 수행해 온 생활로 인해 생긴 버릇이었다.

팍!

지면을 박찬 그의 신형이 맹렬한 속도로 쏘아져 나갔다.

이미 주변 정찰을 마친 상태였기에 움직임에는 거침이 없었다.

"옳지. 바로 저기 있군."

란돌의 눈에 이채가 스치고 지나갔다.

멀지 않은 곳에 자리한 푸른 지붕의 건물이 시야로 들어왔기 때문이다.

지금껏 살아오면서 본 그 어떤 저택보다 웅장했다.

그도 그럴 게 그 저택은 대한민국의 최고 수장인 대통령의 관저, 청와대였기 때문이다.

물론 이를 알 턱이 없는 란돌은 그저 짧게 감탄하는 것으로 감상을 끝낼 뿐이었다.

청와대, 아니, 이제는 증표로 아이템을 교환할 수 있는 교환소의 역할이 된 그곳에 가기 위해 더욱 속도를 높였다.

'저건?'

빠른 속도로 나아가던 그의 움직임이 멈췄다.

교환소 주변을 감싼 철창, 그 사이로 뚫린 유일한 입구를 막아 선 존재가 있었다.

용의 비늘을 형상화한 갑옷을 착용한 낯선 사내는 그 자리에 주저앉은 채로 눈을 감고 있었다.

의아함이 고개를 쳐들었다.

저 녀석은 도대체 뭐 하는 녀석이기에 입구를 막아서고 있는 것일까. 아니, 그보다 언제 적이 들이닥칠지도 모르는데 눈을 감은 채 여유를 부리다니.

'미친 새끼!'

빠르게 결론을 내린 란돌은 곧장 행동을 개시했다.

다년간의 도둑 생활로 터득한 은신술을 발휘한 것이다.

거기에 은밀함을 더해 주는 각종 무구의 권능을 발휘, 그야말로 무의 존재로 화한 그가 사내를 향해 다가갔다.

손만 뻗어도 닿을 거리로 접근했지만, 눈을 뜨진 않았다.

'암. 당연한 결과지.'

본인의 은실술에 만족을 표했다.

설사 염라대왕이라 하더라도 목표가 된다면 죽일 자신이 있었다.

어떻게 하면 좀 더 완벽한 죽음을 선사할 수 있을까.

짧게 고뇌하던 란돌은 목을 베어 서서히 고통스런 죽음을 맞이하는 사내의 모습을 상상하며 뒤로 돌아갔다.

어렵사리 획득한 전설급 단검이 사내의 목 부근으로 향했다.

닿을 듯 말 듯 가까이 다가간 단검을 보던 그가 이내 힘을 주어 그었다.

"어라?"

손에 착 감기는 그 맛이 없다.

자신도 모르게 육성으로 소리를 내고 만 란돌의 얼굴엔 의아함만이 가득했다.

손에 감각이 없는 건 둘째 치고 분명 눈앞에 있었던 사내가 어느새 사라진 것이다.

"어라는 개뿔."

등 뒤에서 들리는 음성에 란돌의 감각은 끊임없이 위험 신호를 보냈다.

'엿 됐다!'

가장 위험한 지역인 교환소의 입구를 막은 건 자만심이 아닌 자신감이었다.

그것을 깨달은 란돌은 뒤늦게 후회했지만, 그 감정도 찰나에 불과했다.

툭.

육신과 분리된 란돌의 머리가 지면에 떨어졌다.

어떠한 고통도 느낄 새도 없이 이루어진 일격이었다.

그로 인해 란돌은 편안한 죽음을 맞이할 수 있었다.

그와 함께 떨어지는 전리품.

"호오."

사내, 정훈의 입에서 감탄사가 나왔다.

한 사람의 것이라곤 생각할 수 없을 정도로 많은 전리품이 쏟아진 것이었다.

"그새 많이도 죽었네."

일수에 150명을 사살한 그의 입에서 나올 만한 내용은 아니었지만, 어디까지나 그의 기준에 한해서다.

시나리오가 시작된 지 2시간 만에 이 정도 전리품을 획득할 정도면 상당한 실력자임을 뜻하는 것.

물론 그 대단한 실력도 정훈과 비교하면 반딧불과 달에 비견할 만한 수준이긴 하지만 말이다.

전리품을 회수하던 그는 곧 가죽 주머니를 확인하곤 미소를 지었다.

묵직한 주머니에 든 증표 100개를 확인한 것이다.

'역시 나쁘지 않은 선택이었어.'

새삼 자신의 선택을 만족해한다.

사실 일일이 입문자를 쫓아다니는 것만큼 멍청한 짓은 없다.

그것이 시간 낭비라는 사실을 너무도 잘 알고 있었던 그는 역으로 입문자들이 찾아올 수밖에 없는 방법을 모색했다.

답은 금방 나왔다.

보너스 시나리오에서 유일한 상점의 역할을 하는 교환소.

이곳을 틀어막는다면 증표를 교환하기 위해 찾아오는 이들을 만날 수 있을 터.

과연 선택은 틀리지 않았다.

개시부터 100개의 증표를 얻은 게 바로 그 증거였다.

'그때의 경험이 도움이 될 줄은 몰랐는데 말이야.'

사실 이 방법은 온전한 그의 생각이 아니었다.

다섯 번의 보너스 시나리오 경험 중 한 번의 실패를 선물해 준 NPC가 고안해 낸 것이었다.

게임으로 처음 보너스 시나리오에 도전할 때였다.

이스턴 출신의 무사인 만패萬敗 유환은 교환소로 들어갈 수 있는 유일한 입구를 막은 채 정훈을 비롯한 다른 입문자 NPC들을 죽였다.

감히 유환에게 덤빌 수 없었던 그는 필요한 아이템을 교환하지 못했고, 그로 인해 다른 NPC들게 공격을 받아 게임오버를 당해야만 했다.

당시엔 끔찍한 기억이었으나 지금 돌이켜 보면 좋은 경험이었다.

덕분에 지금처럼 입구를 틀어막은 채 증표를 받아 챙길 수 있게 되었으니 말이다.

잠깐 상념에 빠져 있던 정훈은 이내 그것을 뒤로했다.

넓게 펼친 기감에 잡히는 여러 기운이 있었다.

그건 반경 1킬로미터 내로 입문자들이 접근하고 있음을 뜻하는 것이었다.

'그래. 어서 와라. 와서 내 앞에 증표를 바쳐라.'

홀로 입구를 막아선 그 모습은 장판과 다리를 막아선 장비를 연상케 했다.

⬥

정훈이 한 일이라고 해 봐야 그저 교환소의 입구를 틀어막은 것뿐이었다.

하지만 이 작은 행동이 불러일으킨 파장은 어마어마한 것이었다.

교환소는 보너스 시나리오에서도 사용 가능한 아이템을 교환하는 곳.

현재 입문자들에게 있어서 아이템이 지닌 가치는 말로 표현할 수 없을 정도다.

그런데 이 특별한 아이템을 얻을 기회를 정훈이 가로막고 있는 셈이었으니 공분을 사는 건 너무도 당연한 결과였다.

분노는 곧 폭력이라는 행동으로 나타났다.

처음에는 개개인이 무작정 덤벼들었으나 압도적인 정훈의 무력을 확인한 입문자들을 생각을 달리했다.

약자가 강자를 잡기 위한 가장 단순한 방법이 무엇인가.

바로 협공이다.

특히 공동의 적이 명확하다면야 세력을 형성하는 건 순식간이었다.

교환소의 악마라 불리는 정훈을 제거하기 위해 모인 집단, 악마 사냥꾼이 탄생하는 순간이었다.

증표를 찾는 수많은 입문자를 회유한 악마 사냥꾼은 빠르게 덩치를 불려 3일 만에 3천 명이라는 수를 자랑하게 되었다.

3천 명. 그간 탄생하고 사라지길 반복했던 다른 세력에 비하자면 적은 수라 할 수 있다.

물론 수만 놓고 본다면 적은 게 맞다.

하지만 집단의 힘을 놓고 비교한다면 최강이라 할 만했다.

그럴 수밖에 없는 게 악마 사냥꾼 구성원 하나하나가 다른 수백의 입문자들을 처치해 그 실력을 증명한 강자들이었기 때문이다.

엄선된 정예들만으로 구성된 악마 사냥꾼. 당연히 그 구심점은 이들을 모두 묶을 수 있는 강자여야만 했다.

비록 단기에 불과하나 단일 세력으론 가장 강력한 집단의 수장이 되는 것이다.

이에 많은 이들이 지원자로 나섰다.

라스크 대륙의 모험왕 아벤.

죽음의 땅을 지배한 사왕死王 호아룬.

모든 속성의 마법을 터득한 대마도사 가이안.

뛰어난 실력자들이 즐비한 차원 출신, 게다가 그곳에서 정점에 오른 이들이었다.

이 세 명의 강자들 중 구심점이 탄생할 것이라 모두가 믿어 의심치 않았다.

적어도 '그'가 나타나기 전까진 말이다.

불과 하루 전 또 한 명의 입문자가 교환소에 접근했다.

당연하게도 악마 사냥꾼들의 회유가 있었고, 정훈의 무력을 느낀 그는 기꺼이 합류를 선택했다.

그 순간이 악마 사냥꾼의 구심점, 수장이 탄생하는 순간이었다.

아벤과 호아룬, 그리고 가이안까지. 동시에 세 명과 대결해 승리한 절대자.

그는 바로 이스틴의 대종사이기도 한 동천東天 백소환이었다.

"때가 무르익었소."

수많은 입문자로 가득한 공터에 울려 퍼진 중후한 음성.

신기한 건 그리 크지 않은 음성이었음에도 불구하고 모두의 귓가에 똑똑히 들린다는 것이었다.

음성의 주인은 노인이었다.

하지만 일반적으로 생각할 수 있는 노인의 모습과는 조금 달랐다.

마치 눈이 내린 것처럼 새하얗게 물든 머리칼과 눈썹, 그리고 턱 아래까지 내려온 수염은 흡사 무릉도원에서 노니는 신선을 보는 듯했다.

그가 바로 이스턴을 사등분 한 동천의 주인이자 지금은 악마 사냥꾼의 구심점인 백소환이었다.

그는 지금이 교환소의 악마를 처치할 적기임을 확신했다.

검증된 실력자로만 구성된 3천 명이 그를 따르고 있다.

이 강력한 집단으로 하지 못할 일은 없을 것이다.

"하나 방심은 금물. 모두 내 명에 따라 움직여 주시오."

자신은 넘치나 방심하는 일은 없었다.

다른 이들은 몰라도 그만큼은 교환소의 악마가 지닌 잠재력을 알고 있기 때문이다.

인간의 영역을 넘어 입신의 경지에 닿았다.

물론 그것도 짐작에 불과하다.

그를 보고 있노라면 아득한 심연을 엿보는 것과 같이 경지를 예측할 수 없다.

든든한 3천 명이라는 방패막이 허술해 보일 만큼 말이다.

정공법은 불가하다.

그를 상대할 유일한 방법이라면 진법陣法을 활용하는 것밖에 없었다.

말이 좋아 진법이지, 사실은 쪽수로 밀어붙이는 행위일 뿐이다.

대종사의 반열에 오른 그에겐 자존심이 상할 수밖에 없는 일.

하지만 그는 한 가지 사실 때문에 이 모든 것을 참아 냈다.

별처럼 반짝이는 눈동자 속 감춰진 탐욕의 불꽃이 머문 곳엔 오색 광채를 뿌리는 검이 있었다.

그것은 명색이 정도正道를 표방하며 올곧게 살아온 그의 탐욕을 불러일으킬 정도의 물건이었다.

저것을 가질 수 있다면 무슨 일이든 하지 못할까.

1만 명을 죽이라고 해도 그리할 것이다.

"출진!"

하지만 이런 속마음을 감춘 채 출진을 명했다.

3천 명이나 되는 입문자들이 정교한 진열을 유지한 채 접근했다.

그 형태는 다수가 소수를 압박하는 데 가장 최적화된 차륜전의 형태였다.

단번에 끝낼 순 없더라도 서서히 체력과 마력을 고갈시켜 반드시 죽음에 이르게 하겠다는 의지를 나타낸 것이었다.

구구궁.

3천 명이 동시에 내뿜는 기운에 의해 대기가 요동쳤다.

그 압력이 얼마나 강한지 바위가 부스러지며 파편이 공중으로 솟아올랐다.

보통의 입문자라면 기세를 마주한 것만으로도 죽음에 이르렀을 것이다.

빠져나갈 구멍은 없다. 승리를 장담한 백소환이 미소를 지을 때였다.

"어서 와."

엄청난 기세에 아랑곳하지 않은 교환소의 악마, 정훈이 그들을 반겼다.

허세다.

위협에 극복하기 위한 허장성세를 부리고 있는 것이다.

백소환을 비롯한 모두가 그리 생각했다.

"오래 준비했을 텐데, 이걸 어쩌나? 내가 그렇게 한가한 사람이 아니어서 말이야. 대신 빠르게는 끝내 줄게."

그리 중얼거린 정훈의 용광검이 연녹색으로 물들었다.

휘오오.

바람의 흐름이 바뀌었다. 아니, 흐름이 바뀐 게 아니라 정훈의 주위로만 모여들고 있었다.

용광검에 깃든 오행五行의 힘 중 풍風의 권능을 이끌어 낸 것이었다.

"불어라."

변환된 풍의 권능에 그의 마력이 더해졌다.

휘잉.

정훈에게서 시작된 거센 바람이 악마 사냥꾼들을 휩쓸었다.

일전에도 선보인 바 있었던 용광검의 권능 중 하나인 풍검
風劍이었다.

바람에 공격의 의지를 실어 보낸다.

비록 위력적인 면에선 최고라 할 수 없으나 속도와 범위에
한해선 최강의 권능이라 할 만한 것이었다.

일순 움직임이 멈춘 악마 사냥꾼들.

하지만 이내 그들의 육신은 조각조각 나뉘어 지면으로 떨
어졌다.

인지하지도 못한 사이 훑고 지나간 바람의 칼날이 난도질
해 놓은 결과였다.

그 공격에서 살아남은 이라면 백소환이 유일했다.

100년의 세월을 살아오며 얻게 된 혜안이 아니었다면 저
들과 다를 바 없는 신세가 되었으리라.

"허억, 허억!"

너무 놀란 마음에 멈췄던 숨을 토해 냈다.

다급히 주변을 둘러봤지만, 자신을 제외한 생존자는 찾을
수 없었다.

"이것이 정녕 인간의 힘이란 말인가."

나오는 건 탄식뿐이었다.

이것은 같은 인간의 힘이라기엔 너무도 압도적이었다.

"용케 피했네?"

등 뒤에서 들리는 음성. 하지만 노인의 얼굴에 긴장이나 당황의 기색을 찾아볼 수 없었다.

풍검을 피한 것도 우연에 불과했다.

만약 재차 공격이 이어진다면 죽을 수밖에 없을 터.

그것을 알기에 생과 사를 초탈할 수 있었다. 죽을 수밖에 없는 운명을 받아들인 것이다.

"보물에 눈이 먼 내 잘못이구나."

그리고 깨닫는다. 이 모든 게 보물에 욕심을 부린 대가라는 것을 말이다.

"알면 됐어."

하지만 깨닫는다고 해서 그 행동이 정당화되는 건 아니다.

정훈은 자신에게 이빨을 드러낸 이를 살려 둘 마음이 추호도 없었다.

단, 아량을 베풀 순 있다.

쉬익.

곧이어 한 줄기 바람이 된 용광검이 백소환의 육신을 훑고 지나갔다.

찰나의 순간 이루어진 수십만 번의 칼질은 그의 육신을 가루로 만들어 놓았다.

정훈이 베풀 수 있는 최대한의 아량. 바로 고통 없는 죽음이었다.

푸스스.

바람에 의해 흩어지는 가루를 응시하던 정훈의 고개가 돌아갔다.

사방이 3천 명의 입문자들이 남기고 간 전리품으로 가득했다.

렐레고의 부적의 사용이 금지된 지금 그 전리품을 줍는 것도 일이겠으나 그간의 경험을 통해 새로운 요령이 생긴 뒤였다.

주변의 바람을 조종한다.

그러자 지면을 구르던 전리품이 바람의 흐름에 따라 정훈의 주변으로 모이기 시작했다.

태초급 용광검의 능력을 아무렇게나 사용하는 모습이었다.

물론 그 덕분에 전리품을 편하게 회수할 수 있었지만 말이다.

'이제 10만 개가 다 모였군.'

비록 금방 끝나긴 했지만, 이번 전투는 그에게 있어서 상당히 의미 있는 일전이었다.

우선 죽음의 증표 10만 개를 모으는 데 성공할 수 있었다.

애초에 그의 목표는 모든 입문자를 죽이는 것이 아닌 10만 개의 증표를 모으는 것이었다.

그 이상은 불필요하다는 사실을 너무도 잘 알고 있었기 때문이기도 하거니와…….

'내가 너무 설치게 되면 곤란하지.'

본인의 무력이 얼마나 압도적인지 깨닫고 있었다.

보통 그 압도적인 힘을 표현할 때 양 떼 속에 뛰어든 늑대라는 표현을 많이 쓰지만, 현재 정훈의 힘을 표현하자면 개미 떼를 짓밟는 공룡이라고 해도 부족할 판이었다.

그래선 안 된다.

아무리 이곳이 서로를 죽여야 하는 생존의 무대라 하지만 그건 이번 시나리오에 한정된 것이기 때문이다.

압도적인 힘이 끼어들어 다른 입문자들의 성장을 더디게 하는 건 정훈이 원하는 바가 아니었다.

그래서 10만 개를 모으는 순간 교환소의 악마 역할도 그만두려고 했다.

보관함 한쪽을 차지한 죽음의 증표 100,314개는 이제 그 역할이 끝났음을 알리는 것이다.

그리고 두 번째, 보관함을 나온 요르문간드의 알을 지면에 놓았다.

꽈드득.

보관함에서 나온 유일급 이상의 무구를 먹이로 던져 주었다.

이미 3천 명이 지니고 있었던 전리품을 회수한 뒤.

먹이는 차고도 넘쳤다.

쓸 만한 것 말고 기존에 가지고 있는 것과 겹치거나 그다지 필요 없는 것을 추려내어 먹이로 던져 줬다.

그렇게 한참 동안 먹이를 주고 있을 때였다.

쩌적.

갑자기 먹는 것을 멈춘 알에서 변화가 일어났다.

껍질에 균열이 일어나기 시작했다.

'드디어!'

마침내 알이 부화를 하려고 하는 것이다.

3막에서부터 지금에 이르기까지 공을 들인 결과가 나타나려 하고 있었다.

아무리 무심한 정훈이라도 지금 이 순간만큼은 긴장하지 않을 수 없었다.

그도 그럴 게 알의 설명에 나와 있던 것처럼 무엇이 부화할지는 아무도 모르기 때문이다.

어쩌면 생각한 것 이상일 수도 있고, 생각한 것 이하일 수도 있다.

'그래도 공을 들인 게 있는데.'

부화하는 종류는 무작위지만, 어느 정도는 예측이 가능하다.

그 지표가 부화 시간과 먹이의 질이다.

3천 일의 부화 시간은 요르문간드의 알이 지니는 최대치의 시간이다.

게다가 지금껏 먹이로 준 무구의 등급은 유일급 밑이 없었다.

　대박의 확률이 좀 더 높을 수밖에 없는 것.

　여러모로 기대할 수밖에 없는 상황이었다.

　정훈의 눈동자에 감출 수 없는 기대감이 잔뜩 묻어 나왔다.

　티틱.

　균열만 가던 알의 껍데기가 떨어져 나가고, 마침내 감춰져 있었던 존재가 모습을 드러내기 시작했다.

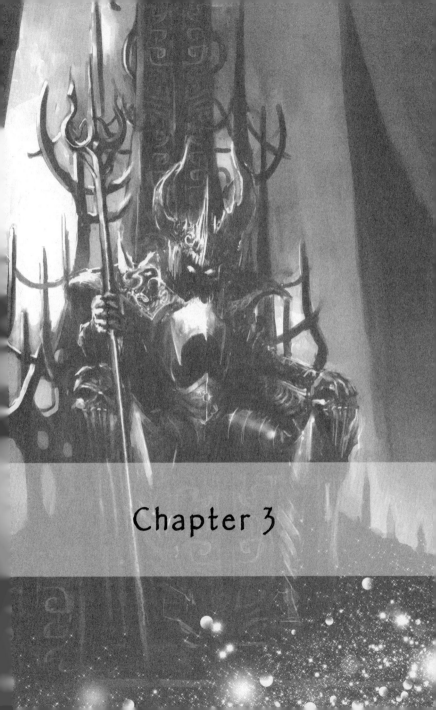

Chapter 3

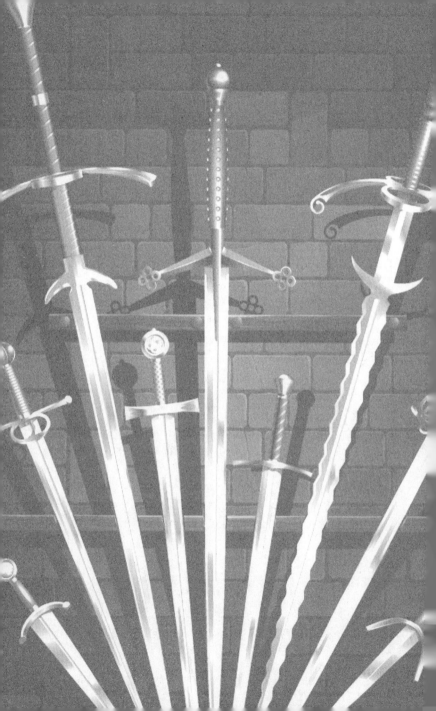

-긴 시간을 지나 마침내 요르문간드의 알이 부화합니다.

알의 부화와 함께 먼저 알림이 귓가에 파고들었다.

하지만 그것에 신경을 쓸 겨를이 없다.

정훈의 눈이 껍질을 깨고 나온 존재를 응시했다.

"삐약!"

힘차게 울려 퍼지는 울음.

기대로 가득한 정훈의 눈동자가 당황, 아니, 경악으로 물들었다.

"이, 이건……."

그 음성이 가늘게 떨렸다.

뽀송한 노란 털, 길쭉한 주둥이, 뒤뚱거리는 모양새. 그건 어딜 봐도 병아리였다.

─훌륭한 영양 상태를 유지한 덕분에 아주 건강한 상태로 태어났습니다. 장래가 아주 기대되는 새끼입니다.

마치 놀리는 것과 같은 알림을 뒤로한 채 병아리를 집어 올렸다.

"빡, 빡!"

거친 손길이 싫은지 꽤 뾰족한 소릴 내며 손을 쪼아 댔다.

하지만 그 연약하기 그지없는 공격은 정훈에게 그 어떤 고통도 줄 수 없었다.

"병아리, 병아리라고?"

이쪽저쪽 아무리 살펴봐도 그건 병아리였다.

크면 닭이 되는, 닭이 되면 고작해야 하나의 치킨이 될 수밖에 없는 바로 그 병아리 말이다.

"말도 안 돼!"

그는 현실을 부정했다.

무려 3천 일의 긴 부화 시간과 알림도 인정한 바와 같이 질 높은 먹이만을 주었다.

그런데 부화한 게 병아리다.

이게 말이나 되는 일인가.

'침착하자. 침착해.'

심호흡으로 마음을 다스리려 했지만, 삐약대는 병아리를

보고 있자니 좀처럼 진정이 되질 않았다.

그럴 수밖에 없다.

요르문간드의 알에서 부화한 생물은 그의 무력 성장에도 크나큰 영향을 주는 전투형 애완동물이기 때문이다.

한때 입문자들 사이에서 유행처럼 번진 게 애완동물 기르기였다.

이 삭막한 세계에서 믿을 수 있는, 유일한 동반자가 되어 줄 존재였기 때문이다.

귀엽거나 멋진 외형을 가진 온갖 종류의 생물을 길들여 자랑하곤 했다.

마치 선택이 아닌 필수처럼 대다수가 애완동물을 하나씩 데리고 다녔는데, 그때도 정훈은 애완동물에 전혀 신경을 쓰지 않았다.

액세서리와 같이 치장을 하는 용도의 애완동물은 필요 없었기 때문이다.

거의 모든 애완동물이 전투 능력은 고사하고 툭하면 죽어 대기 일쑤인 불필요한 존재였다.

단 하나, 요르문간드의 알에서 탄생하는 존재를 제외하면 말이다.

주인과 함께 성장하며 전투에도 큰 도움이 되는 전투형 애완동물의 존재는 정훈도 우연히 알게 된 사실이었다.

툭하면 배신하기 일쑤인 검은 머리 짐승이나 잘났다고 으

스대는 지적 생물체가 아니라 무한한 신뢰를 줄 수 있는 존재인 것.

그때부터 전투형 애완동물에 관한 정보를 파기 시작했다.

서적이 있는 곳이라면 그곳이 설사 지옥의 끝이라 해도 들어가 반드시 정보를 얻었다.

사실 정훈이 이 세계의 정보에 통달하게 된 계기도 전투형 애완동물에 관한 정보를 입수하려고 한 덕분이었다.

그렇게 그는 세계의 현자가 되어 갔고, 마침내 원하는 정보를 얻을 수 있었다.

한때 세계를 집어삼킨 적이 있는 요르문간드, 녀석의 기운을 흡수한 알에서 태어난 존재만이 전투형 애완동물이 된다는 것이었다.

문제는 그것을 입수하는 게 쉽지 않다는 것이었다.

당연히 맨몸으로 시작해야 하는 게임 속에선 한 번도 이루지 못했다.

하지만 한주먹의 아이템을 지닌 채 시작할 수 있었던 현실에선 이루었다.

그렇기에 기대하고 또 기대했다.

어떻게든 최강의 애완동물을 얻기 위해 그렇게 공을 들였건만 나온 게 고작 병아리라니.

'용족 이상을 기대했는데……'

최강의 생물인 용족을 기대하고 있었던 그에게 청천벽력

과 같은 존재일 수밖에 없었다.

삐이약!

정훈의 실망감을 아는지 모르는 지 날개를 파닥거리며 울음소릴 냈다.

-새끼가 이름을 원하는 것 같습니다.

-이름을 정해 줘야만 상세 정보를 열람할 수 있으며, 성장이 가능해집니다.

'실망하기엔 일러. 아직 모르는 일이다.'

상세 정보라는 단어에 자꾸만 떠오르는 끔찍한 상상을 거두었다.

단지 외형만 병아리일 뿐이다.

외형이 뭐가 중요한가.

어쩌면 뭔가 색다른 능력을 지니고 있거나 성장하게 되면 또 어떻게 변할지 알 수 없다.

파닥거리며 뒤뚱뒤뚱 걷는 녀석을 노려보았다.

아무리 좋게 보려고 해도 좋게 봐지지 않는 건 어쩔 수 없었다.

"치느님. 앞으로 넌 치느님이다."

아무리 봐도 닭을 연상케 하는 녀석의 외형에 치느님이란 이름을 지어 주었다.

"빡빡!"

그 뜻을 알 턱이 없는 치느님이 정훈의 주변을 기쁜 듯 뛰어다녔다.

녀석의 춤사위는 관심이 없다.

그는 반투명한 창 위로 떠오른 치느님의 정보를 확인했다.

치느님

종족 : 닭
능력 : 포악한 식욕(1/99)
공복도 : 50퍼센트
성장도 : 1/99

망했다.

상세 정보를 확인한 순간 엄습하던 불안감이 현실이라는 것을 깨달을 수 있었다.

품종에 나와 있듯 이 녀석은 닭이었다.

그것도 능력이라곤 먹는 것 외엔 아무것도 없는 평범한 닭 말이다.

'평범한 애완동물이 나올 확률도 있다고 했지.'

기대감 뒤에 묻혀 있었던 정보를 끄집어 낼 수 있었다.

유일하게 전투형 애완동물을 얻을 수 있지만, 반대로 평범한 애완동물을 얻을 확률도 존재한다는 것을.

결국 인정할 수밖에 없었다, 전투형 애완동물을 통한 무력 상승의 길이 가로막혔다는 사실을.

"삐익!"

실망이 컸지만, 이미 지나간 일은 돌이킬 순 없는 법이다.

발악하는 치느님을 잡아 보관함에 그대로 넣어 버렸다.

쓸모없는 녀석에게 신경 쓸 여유는 없다.

공복도가 한계에 달하면 죽음에 이르게 될 터.

보관함에 넣는 것으로 치느님에 관한 모든 관심을 껐다.

'그래도 아직 이게 남았으니까.'

치느님에 관한 후유증을 생각보다 빨리 털어낼 수 있었던 건 또 하나의 목표를 달성했기 때문이다.

그의 손엔 핏빛 기운을 발산하는 붉은색 해골 반지가 놓여 있었다.

그것은 바로 살인자들의 증표인 카인의 반지였다.

하지만 어쩐지 예전에 봤던 것과는 외형, 분위기 모든 게 달라져 있었다.

그럴 수밖에 없는 게 그간 많은 입문자들을 사냥한 정훈은 100개나 되는 카인의 반지를 획득할 수 있었고, 그로 인해 한 단계 변화를 이루었기 때문이다.

카인의 반지라는 것에는 변함이 없지만, 한 가지 특별한 능력이 생겨났다.

카인의 반지

효과 : 카인을 소환한다.

설명 : 살인의 아버지, 카인을 소환할 수 있는 반지. 하지만 어째선지 능력이 제대로 발휘되지 않는다. 마치 무언가 빠져 있는 것처럼……

요르문간드의 알과 같이 오랜 시간 간직해야만 했던 것.

이유야 간단하다.

아이템 설명에서 나와 있는 것처럼 카인을 소환하기 위해선 반지뿐만 아니라 한 가지의 재료가 더 필요했기 때문이다.

그리고 그 재료를 얻을 수 있는 유일한 곳이 바로 눈앞의 교환소였다.

교환소 내부는 상당히 넓은 편이었다.

긴 복도 사이의 양 옆에는 수많은 방이 위치해 있었는데, 입문자들이 헷갈리지 않도록 각각의 알림판을 붙인 상태였다.

검, 창, 둔기, 낫, 채찍 등 다양한 무기 종류와 투구, 갑옷, 장갑, 신발의 방어구는 물론 목걸이, 귀걸이, 반지의 액세서리까지.

그야말로 없는 게 없었다.

하지만 정훈은 그 모든 방을 지나쳤다.

무구에 관심이 없어서가 아니다.

사실상 이곳에서 얻을 수 있는 한계 등급이 태고급에 불과하기 때문이다.

게다가 몇 종류도 되지 않는 데다가 필요한 증표의 개수도 50만 개부터 시작해 많게는 100만 개가 필요한 것도 있다.

사실상 이곳에 있는 모든 입문자를 죽여야만 얻을 수 있는 것.

다른 이들은 몰라도 정훈에게 태고급이 지니는 가치는 그저 쓸 만한 정도에 불과했다.

그렇기에 그 모든 방을 지나칠 수 있었다.

한참 복도를 지나다 드디어 그의 걸음이 멈췄다. 검은색으로 칠해진 방문 앞이었다.

문 앞에 붙여진 안내판에는 '기타 재료'라는 글귀가 쓰여 있었다.

정훈이 바라던 곳이다.

망설임 없이 문을 열었다.

"어이쿠, 어서 오십시오."

문을 열자마자 반기는 존재.

진한 녹색 피부에 뾰족한 귀, 그리고 귀까지 찢어진 길쭉한 입 사이론 날카로운 이빨이 번뜩이고 있었다.

'그렘린.'

정훈에겐 익숙한 괴물이었다.

보물이 있는 곳을 귀신같이 알아채 그것을 훔쳐 달아나는 골칫덩이 요정.

녀석이 상징처럼 메고 있는 붉은 보따리 안에는 온갖 진귀한 보물이 가득 차 있음은 굳이 확인하지 않아도 알 수 있다.

"필요한 물건이라도 있습니까, 손님? 증표를 보여 준다면 그에 맞는 품목을 알려 드리겠습니다."

교환소에서 파는 물건을 확인하기 위해선 자신이 지닌 증표를 보여 줘야만 한다.

현재 지니고 있는 증표의 개수에 따라 구매할 수 있는 품목을 알려 주는 시스템인 것.

터엉!

어느새 꺼내 든 철제 상자를 매대에 던졌다.

가늘게 찢어져 있던 그렘린의 눈이 동그랗게 커졌다.

"이거 오랜만에 큰손이 오셨네. 증표 10만 개라. 이거 보여 드릴 수 있는 게 너무……."

"알려 줄 필요 없어."

파리가 된 듯 양손을 심하게 비벼 대는 그렘린의 말을 끊었다.

사실 정훈은 품목을 확인해야 할 이유가 없었다.

원하는 것이 명확했기 때문이다.

"아벨의 피."

카인에게 살해된 그의 아우. 최초로 살해된 인간의 피가 정훈이 원하는 것이었다.

"이거 원하는 게 있으셨군요. 보자, 아벨의 피라……."

미묘한 웃음을 지은 그렘린이 자신의 보따리를 뒤적거렸다.

언뜻 보기엔 얼마 들어가지 않을 것만 같은 크기의 보따리지만, 정훈의 개인 보관함과 같이 무한한 공간을 지니고 있다.

그렇기에 특정 물건 하나를 찾는 덴 꽤 오랜 시간이 소요될 수밖에 없었다.

"여기 있군요!"

과장된 몸짓으로 물건을 꺼냈다.

작디작은 그렘린의 손에 쥐어진 것은 일반적으로 생각할 수 있는 액체의 피가 아니었다.

검붉은 색채를 띤 그것은 삼각 기둥의 형태를 지닌 보석이었다.

서적에 그려져 있던 것과 다르지 않다.

그것이 원하던 것임을 확인한 정훈은 손을 내밀었다.

"어이쿠, 이걸 어떡하나. 이건 너무도 귀한 물건이라 증표 10만 개로는 어림도 없는데 말입니다."

그것은 있을 수 없는 일이다.

굳이 증표를 통해 목록을 확인할 필요 없이 그렘린의 교환 목록을 꿰고 있는 정훈이었다.

분명 아벨의 피는 10만 개의 목록에 들어 있다.

하지만 녀석은 지금 10만개로는 부족하다고 말하고 있었다.

'하여간 그렘린 녀석들이란.'

예상치 못한 일이지만, 그 행동에 납득이 간다.

그렘린은 정훈이 교환 목록을 알고 있다는 사실을 알지 못한다.

애초에 10만 개로 살 수 있는 목록을 확인했다면 모를까,

무턱대고 아벨의 피를 요구한 덕분에 배짱을 튕기고 있는 것.

길게 시간을 끌지 않으려는 게 도리어 발목을 잡은 셈이다.

그 시건방진 태도에 정훈의 기세가 달라졌다. 입신의 경지에 이른 그 기세는 한낱 그렘린 따위가 감당할 수 있는 게 아니었다.

"차, 참고로 손님, 날 위협한다면 앞으로 영원히 물건을 가지지 못합니다."

살기 위한 거짓말이 아니다.

그렘린의 종족 특성 중 하나가 차원을 넘는다는 것이다.

의지를 움직이면 언제든 다른 차원으로 이동할 수 있는 탓에 녀석들을 잡는 건 불가능한 일이었다.

물론 그 사실은 정훈도 알고 있었다.

"튀어 봐."

그럼에도 전혀 아랑곳하지 않는 모습으로 일관했다.

"흐흥, 하라면 누가 못할 줄 알고?"

그렘린의 육신이 점차 흐릿해져 간다.

차원 전이.

의지를 품은 순간 곧장 다른 차원으로 육신을 전이시키는 절대적인 권능 중 하나였다.

별다른 무력이 없는 그렘린이 차원 이곳저곳을 돌아다니며 장사를 할 수 있는 이유기도 했다.

일족의 족쇄를 풀 수 있는 증표가 탐나긴 하지만, 목숨만큼은 아니다.

기회는 다시 올 수도 있는 것이니 지금은 도망치는 수밖에.

하지만 그렘린은 뜻을 이룰 수 없었다.

"히익, 이게 뭐야?"

놀란 녀석의 외침이 울려 퍼졌다.

의지를 품은 그 순간을 기점으로 주변이 바뀌어 있어야만
했다.

그런데 다시 둘러봐도 주변 풍경은 바뀌지 않았다.

뜨거운 눈길로 응시하고 있는 정훈과 기타 재료의 방 그대
로 말이다.

"뭐긴 뭐야? 갇힌 거지."

정훈이 웃어 보였다. 그 미소가 어느 때보다 해맑다.

그렘린의 종족 특성을 알면서도 자신감을 보일 수 있었던
이유가 바로 지금의 상황과 연결된다.

조금 전 은밀히 용광검의 기운을 일으켰다.

토土의 권능은 주변에 대지의 결계를 쳤다.

그 영역 안에서는 어떠한 이동기도 허락되지 않는다.

그렘린의 차원 전이 또한 마찬가지다.

"어이쿠, 제가 귀인을 몰라 뵙고. 하, 한 번만 용서해 주시
렵니까?"

고작 입문자 따위에게 차원 전이가 막힐 줄이야.

하지만 그렘린의 상황 파악은 너무도 빨랐다.

이대로 버텼다간 목이 날아갈 판이었기에 금방 패배를 인정하고 무릎을 꿇은 것이다.

"내놔."

　조금 전과 같이 손을 내밀었다.

　반대로 뒤집어진 손바닥.

　그것이 무엇을 의미하는진 어렵지 않다.

"여기 있습니다. 그리고 제 재량으로 20퍼센트 할인도 해 드리겠습니다."

　이곳에서 장사하는 그렘린에게는 한 가지 권한이 주어진다.

　물건 가격을 책정해 판매할 수 있는 것.

　물론 그 폭은 20퍼센트를 넘어가선 안 된다.

　조금 전 아벨의 피도 20퍼센트를 덧붙여서 판매하려고 했으나 이로 인해 정훈의 분노를 사고 말았다.

　어떻게든 이 분노를 잠재우기 위해 선택한 게 최대 할인이었다.

　알아서 할인해 주겠다는데 마다할 이유가 없다.

　말없이 손을 까닥거리자 조금 전 보따리 안으로 사라졌던 아벨의 피가 전해졌다.

　물론 2만 개의 증표 또한 덤으로 주어진 건 말할 것도 없다.

　목표로 한 모든 아이템을 건네받고서야 대지의 결계를 풀었다.

"적당히 해 먹어."

"네, 넵! 아무렴 그래야죠, 히히."

정훈의 경고에 얼른 그러겠노라 대답했지만, 속마음은 그렇지 않았다.

물론 이 욕심 많은 녀석의 천성이 바뀌지 않으리란 건 너무도 잘 알고 있었다.

어차피 내가 아닌 남이 당하는 것.

더 신경을 쓸 필요는 없을 것이다.

그대로 방을 나와 왔던 길을 되돌아가고자 했다.

"으헉!"

"아, 악마!"

정훈이 안에서 시간을 보내고 있는 사이 일부 입문자들이 교환소 안으로 들어온 것이었다.

"뭘 놀라? 어차피 싸울 수도 없는데."

어지간히 악명이 알려졌나 보다. 정훈이 실소했다.

적어도 입문자들에 한해선 교환소 안은 비전투 영역이었다.

싸움에 미친 사람도, 설혹 불구대천지의 원수를 만나더라도 공격하겠다는 마음 자체를 품을 수가 없기에 전투 자체가 일어나지 못하는 것.

정훈이라고 해서 예외는 아니다.

혹시나 싶어 의지를 일으켰으나 파도에 휩쓸린 모래성처럼 금방 사라져 버렸다.

뒤늦게야 비전투 영역임을 상기한 입문자들이 안도의 한

숨을 내쉬었다.

물론 여전히 경계 어린 시선을 보내는 이들도 몇몇 있었지만, 정훈은 이미 그들을 스쳐 지나가고 있었다.

교환소를 나온 정훈은 끊임없이 달렸다.

교환소의 소재지는 종로.

하지만 그가 가고자 한 곳은 부산의 사상이었다.

500킬로미터나 떨어져 있는 거리였지만, 입신의 경지에 이른 움직임은 고작해야 15분 만에 그를 목적한 곳으로 인도했다.

정훈의 걸음이 멈춘 후미진 골목. 그 앞에는 낡은 빌라가 있었다.

한동안 빌라를 바라보던 그가 안으로 걸음을 옮겼다.

위층으로 올라가지 않는다.

정훈이 향한 곳은 지하층이었다.

오른쪽과 왼쪽, 그중에 매직으로 휘갈겨 쓴 102호라 적힌 문을 잡고 열었다.

끼익.

윤활유를 발라 놓지 않아 거친 쇳소리가 났지만 잠겨 있지 않은 덕분에 쉽게 열렸다.

10평 남짓한 투룸이었다.

전자제품도 가구도 정말 필요한 몇 가지를 제외하면 없는 단출한 방.

정훈에게는 더없이 익숙한 곳이기도 했다.

오른쪽 벽면에 위치한 냉장고를 열어 500밀리리터 맥주를 꺼냈다.

쿵.

상당수 음식물이 쌓여 있었지만, 상한 냄새가 나지는 않았다.

'시간이 많이 지나지 않았어. 아니, 전혀 지나지 않았군.'

냉장고 윗면에 쌓인 먼지가 거의 없다.

이계로 소환된 지 수년이 지났다.

그런데도 먼지 하나 쌓여 있지 않다는 건 그곳의 시간과 이곳의 시간이 다르다는 것, 그리고 그 시간은 얼마 지나지 않았음을 의미했다.

하지만 그건 큰 의미 없는 일이다.

모처럼 자신의 집으로 돌아온 그는 침대에 걸터앉아 맥주를 한 모금 들이켰다.

"크."

맥주를 가장한 탄산의 맛.

국산 맥주 고유의 목 넘김에 기쁨의 탄성을 흘려 보냈다.

이계에도 맥주가 없는 건 아니었으나 국산 맥주의 이 맛이 가끔 그리울 때가 있었는데, 마침내 그 갈증을 해소할 수 있게 된 것이다.

꿀꺽. 단숨에 맥주를 삼킨 후 아무렇게나 나자빠졌다.

푹신하지 않은, 딱딱한 침대의 감촉을 느끼며 눈을 감는다.

단 한순간도 쉬지 않고 무작정 달려왔다.

하지만 어째선지 오늘은 그냥 이대로 쉬고 싶었다.

수마는 뜻하지 않은 곳에서 덮쳐 와 정훈을 잠의 나락으로 이끌었다.

'사랑해, 정훈 오빠.'

'아악, 싫어!'

'저, 저 사람이 범인이에요.'

'꺼져, 이 강간범 새끼!'

'정훈아, 우린 널 믿는다.'

'병신 새끼, 네가 부모를 죽인 거야. 알아들어?'

무의식이 만들어 낸 소용돌이가 거침없이 헤집어 놓았다.

"으아악!"

비명과 함께 잠에서 깨어났다.

"헉, 헉!"

쥐고 있던 손을 폈다.

얼마나 세게 쥐고 있었던지 손톱이 파고들어 피멍이 들어 있었다.

마치 샤워를 한 것처럼 식은땀으로 온몸이 흥건했다.

지독한 악몽.

이계에 떨어진 이후로 꾸지 않았던 꿈의 악마가 모처럼 그를 방문한 것이었다.

단 한순간도 잊을 수 없는 지독한 현실이었다.

예전에는 그 때문에 죽고 싶은 적도 많았지만, 지금은 다르다.

어차피 지나간 일에 불과하다.

이계에서의 혹독한 시련은 그의 육체뿐만 아니라 정신 또한 성장시켰다.

수천, 수만의 인간을 살해할 정도의 심력을 지닌 그가 아닌가.

끔찍하다곤 하나 과거의 일에 얽매일 정도로 멍청하진 않다.

'아니. 완전히 떨쳐 낼 순 없나.'

인정하기 싫지만, 인정할 수밖에 없다.

집에 돌아오자마자 그를 찾은 악몽이 증거다.

당시의 기억은 수백, 수천 년이 지난다 해도 그에게 여전히 상처로 남아 있을 것이다.

꼬르륵.

시간이 많이 흐른 듯 배꼽시계가 신호를 보내 왔다.

지금껏 배가 고프면 보관함에 쟁여 둔 본인의 요리로 끼니를 때웠지만, 오늘은 그럴 기분이 아니었다.

국산 맥주를 그리워한 것처럼 오랜만에 지구의 음식을 먹고 싶었다.

그중에서도 추억 속에 있는 가장 그리운 맛을 말이다.

곧장 떠오르는 게 있었다.

다행히 근처기도 하다.

방을 나오려던 그는 문득 걸음을 멈춰야만 했다.

홀린 듯 걸어간 곳은 작은 방이었다.

컴퓨터가 놓인 왼쪽 구석엔 풋풋한 19살의 그와 부모님이 함께 찍은 사진 액자가 놓여 있었다.

고등학교 졸업식 날 찍은 사진 속 세 사람의 얼굴엔 그 어느 때보다 밝은 미소가 자리하고 있었다.

한참 동안 사진을 바라보고 있던 정훈은 이내 몸을 돌렸다.

오랜만에 들른 집이지만 미련은 남지 않았다.

좋은 추억보단 나쁜 추억으로 얼룩진 곳이기에.

자꾸만 머릿속을 헤집는 기억을 떨쳐 내기 위함일까.

정훈은 한 줄기 바람이 되어 도심을 누볐다.

목적지는 차로 타고 20분을 이동해야만 도착할 수 있는 거리였다.

하지만 정훈이 누구인가.

서울과 부산을 15분 만에 주파한 괴물이었다.

발을 놀리기 시작한 지 고작 1분이 지나기 전 목적지에 도착할 수 있었다.

'오랜만이군.'

주택을 개조한 허름한 가게 앞에는 아지매 식당이라는 간판이 보였다.

유쾌하지 않은 대학 생활 동안 유일하게 좋은 기억으로 남아 있는 식당이었다.

문을 열고 안으로 들어가자 외관만큼이나 허름한 내부가 드러났다.

고작해야 8명 정도가 식사할 수 있는 작은 공간에는 2개의 테이블이 놓여 있었다.

그중 왼쪽 테이블에는 누군가 시켜 놓은 김치찌개와 반찬이 놓여 있었다.

그리 역하진 않으나 상한 냄새가 새어 나왔다.

화륵.

불길을 일으켜 테이블의 상한 음식을 태워 버렸다.

너무도 간단히 음식물 쓰레기를 소거한 그는 마치 제집인 양 주방으로 들어갔다.

식당에 온 이유? 그야 물론 밥을 먹기 위해서다.

한 가지 다른 점이라면 누군가 해 주는 게 아닌 본인이 직접 해야 한다는 것.

냉장고를 열어 보았다.

안을 가득히 장식하고 있는 식자재는 다행히도 몇몇 개를 제외하면 상한 게 없었다.

가장 먼저 한 일은 밥을 안치는 것이었다.

압력 밥솥에 두 컵 정도의 쌀을 넣고 불에 올려 두었다.

적당한 크기의 팬에 물을 붓고 디포리와 다시마를 넣고 육수를 낸다.

육수가 우러나오는 사이 냉동실에 얼려져 있던 돼지 목심을 꺼내 불의 기운을 미약하게 주입했다.

미세하게 온도를 조절해 해동을 시키는 것이었다.

그렇게 해동이 된 목심을 먹기 좋은 크기로 잘라 놓았다.

이어서 시큼한 냄새가 나는 김치를 큼지막하게 썰고, 부가 재료인 양파와 파 또한 준비해 두었다.

재료를 다듬는 그의 칼 솜씨는 빠르고 정확했다.

그도 그럴 게 노가다를 통해 요리 숙련도가 달인에 이른 그였다.

요리에 일생을 바친 이들과 견주어도 전혀 꿀릴 게 없는 것.

보글보글.

재료 손질이 끝나자 육수가 끓기 시작했다.

강불에서 약불로 줄인 후 식용유를 두른 또 다른 냄비에 목심과 청주를 넣어 볶았다.

적당히 익었다 싶을 때 김치를 넣고 다시 볶아 주길 3분 여.

끓어오른 육수를 붓고, 청양고추, 고춧가루, 간 마늘을 넣고 다시 한 번 끓이는 작업을 반복했다.

그리고 기다림의 시작이다.

김치가 적당히 익을 때까지는 30분이란 시간이 소요되었다.

김치찌개는 끓이면 끓일수록 더욱 맛있어진다는 사실을 알지만 고작 음식 하나에 그렇게 많은 시간을 투자할 생각은 없었다.

적당히 끓었다 싶을 때 네모반듯한 두부와 파를 넣어 주고 마무리를 지었다.

식욕을 자극하는 시큼한 김치찌개의 냄새가 위장을 자극한다.

마침 밥도 다 되었다.

김이 빠지길 기다린 후 밥솥을 열자 새하얀 쌀이 차지게 완성되어 있다.

밥과 찌개를 들고 테이블에 앉았다.

하얀 김이 모락모락 올라오는 밥과 찌개를 보고 있자니 더는 참을 수 없었다.

한 숟가락 크게 밥을 퍼서 입에 넣고 씹었다.

그냥 밥만 먹었을 뿐인데도 단맛이 올라왔다.

하지만 그것만으론 부족하다.

두툼한 목심과 김치, 그리고 국물을 가득 퍼 담아 입으로 가져갔다.

'맛있다.'

오랜만에 맛보는 김치찌개는 천상의 맛이었다.

요리 숙련도를 올리기 위해 온갖 요리를 다 해 먹어 봤지만, 이처럼 가슴속에 파고드는 맛은 단 한 번도 없었다.

고향의 맛이란 게 이런 걸까.

정훈은 다시 한 번 자신이 골수 한국인임을 느꼈다.

모처럼 기분이 좋다.

이대로 식사가 끝날 때까지 혼자만의 시간을 가졌으면 좋겠지만, 그 바람은 이루어지지 못했다.

드르륵.

식당의 미닫이문이 거칠게 열렸다.

하지만 정훈의 얼굴엔 동요가 없었다.

이미 기감으로 누군가 접근하고 있음을 눈치채고 있었기 때문이다.

"꺼……."

꺼져.

그 한마디로 돌려보내려고 했다.

하지만 그는 고작 그 한 단어를 말할 수 없었다.

"정훈 오빠?"

"한정훈?"

식당 안으로 들어온 세 명의 남녀.

그 얼굴은 정훈에게 익숙한 것이었다.

❀

한정훈, 이윤호, 박형우, 심수정.

이 네 사람은 고등학교 때부터 인연을 이어 온 절친한 사이였다.

친구 사이에 상하 관계는 없으나 중심적인 역할을 하는 이가 있기 마련이다.

그리고 이들 네 명의 중심엔 언제나 정훈이 있었다.

지금의 독단적인 정훈을 떠올리면 쉬이 상상할 수 없는 일이다.

하지만 10년 전만 해도 정훈은 밝고 낙천적이어서 주위 사람들에게 좋은 느낌을 주는 존재였다.

윤호는 그런 정훈을 무척 따르는 친구였다.

그럴 수밖에 없는 게 친구를 넘어 존경하는 대상이었기 때문이다.

매일 바쁜 일로 집안을 돌보지 못하는 부모님의 방치 속에서 자라난 윤호는 소심하고 매사 부정적인 성격으로, 교우 관계도 무척 서툴렀다.

항상 혼자 다니는 그가 일진의 먹이가 된 건 어찌 보면 당연한 수순이었다.

매일 5만 원의 상납금을 바쳤다.

목줄을 차고 개처럼 짖기도 했고 온몸은 담배빵으로 인한 흉터로 얼룩졌다.

녀석들의 여자 친구에게 성희롱을 당한 건 기본이요, 강요에 의해 나이 많은 여성들과 성매매를 하기도 했다.

하루에도 수십 번 죽고 싶다고 생각했다.

빛 한 점 들어오지 않는 어두운 터널 속에 있었던 윤호를 꺼내 준 게 바로 정훈이었다.

당시 정훈은 감히 일진도 건드리지 못하는 대단한 존재였다.

못하는 운동도 없고, 게임도 곧잘 했다.

밝은 성격으로 친구들은 물론 선생님들도 그를 신뢰하고 있었다.

물론 그것만으로 일진들에게 위협이 될 순 없다.

사회적인 위치가 정해지지 않은 그들에게 가장 중요한 건 무력.

그런 면에서 정훈은 독보적인 존재였다.

어렸을 때부터 무에타이를 배운 게 10년이다.

프로급은 아니지만, 아마추어 중에서는 상대가 없을 정도의 실력을 갖춘 것.

같은 아마추어 무예가들도 상대가 되지 않는 마당에 일개 고등학교 일진이 감당할 수 있을 턱이 없다.

건물 뒤편에서 윤호를 괴롭히고 있던 일진들과 4 : 1의 싸움을 벌였다.

결과는 압승이었다.

현란하게 움직이는 정훈의 손과 발에 의해 일진들은 제대로 반항도 하지 못한 채 쓰러졌다.

그 순간은 윤호에게 잊을 수 없는 기억이었다.

어둡기만 한 터널 속에 비친 한 줄기 빛.

윤호는 그 빛을 놓치지 않기 위해 사력을 다했다.

1년 동안 공을 들여 친구가 될 수 있었다.

정훈에게는 이미 친구가 있었는데, 유치원 때부터 같은 동네에 살며 친분을 쌓은 불알친구 형우와 담벼락 옆에 붙어 있는 여고에 다니는 수정, 두 사람이었다.

특히 수정과는 중학교 때부터 사랑을 키워 온 연인 사이였다.

무슨 어린 것들이 사랑놀이냐고 할 수 있지만, 두 사람은 서로의 부모님들과도 자주 만나는 건전한 교제를 이어 오고 있던 터였다.

비록 반, 그리고 학교는 다르지만, 네 사람은 방과 후 시간을 이용해 자주 만나며 친분들 다졌다.

겉으로만 보면 참으로 건전한 청춘남녀들의 사랑과 우정이라 할 수 있지만 그 속을 보면 참으로 추악하기 그지없었다.

윤호는 정훈이 되고자 했다. 아니, 그의 모든 것을 자신의 것으로 만들고 싶었다.

형우는 늘 중심이 되는 정훈을 질투했다.

수정은 공부도 잘하고 집안도 좋은 윤호에게 호감을 키워 갔다.

오직 정훈만이 그들을 친구로, 사랑하는 연인으로 대했을 뿐.

그를 제외한 세 사람은 누구에게도 속마음을 내보이지 않은 채 삐뚤어진 관계를 이어 나갔다.

뒤틀린 태엽도 돌아갈 수는 있다.

고등학교를 졸업하고도 3년, 그들은 여전히 좋은 관계를 유지하고 있었다.

각자 다른 소재지의 대학에 입학했지만, 여전히 친구는 그들뿐인 것처럼 자주 어울러 다녔다.

삐뚤어진 관계는 비극을 낳는 법.

사달이 난 건 여름 방학 직후, 바닷가에 놀러가 밤새도록 술을 마시고 난 뒤였다.

모두가 인정한 술고래인 정훈이지만 그날따라 몇 잔 마시지도 않았는데 잠이 들고 말았는데, 지독한 악몽에 의해 강제로 깨어나게 된 것이다.

평생 한 번도 꿔 본 적 없는 지독한 악몽이었다.

정훈은 갈증을 느끼며 물을 마셨다.

이후 다시 잠을 청하려고 했으나 화장실에서 들리는 열기

가득한 신음 소리에 발길을 옮겼다.

윤호 덕분에 빌린 고급 펜션의 방 안엔 형우만이 잠을 청하고 있었다.

설마 그럴 리 없겠지.

끔찍한 상상을 지운 그는 화장실 문을 열었다.

상상은 현실이 되었다.

양변기에 앉은 젊은 두 남녀, 윤호와 수정이 한데 뒤엉켜 쾌락의 몸짓을 한창 이어 가고 있었다.

믿었던 친구와 여인의 배신이 명백했다.

하지만 그도 사람이었던지라 친구보다는 연인에 대한 믿음이 더 클 수밖에 없었다.

윤호가 강제로 관계를 가지려 한 것이다.

그리 판단한 그의 분노가 쏟아졌다.

천상 모범생과인 윤호가 한창 힘이 넘치는 격투 청년의 주먹을 감당할 수 있을 턱이 없다.

순식간에 피투성이가 된 그가 쓰러지고, 비명과 고성이 오고 갔다.

출동한 경찰은 그 자리에 있는 세 사람을 모두 가까운 서로 연행했다.

물론 꽤 심하게 얻어터진 윤호는 병원으로 실려 갔다.

친구인 윤호가 연인인 수정을 강간하려 하는 것을 보고 폭력을 행했다.

정훈은 자신이 한 일을 솔직히 말했다.

하지만 어째선지 형우와 수정은 말을 아끼는 모습이었다.

비록 과한 폭력을 쓰긴 했지만, 그래도 명백히 윤호의 잘못이다.

정황이 파악되어 곧 풀려날 것이라 믿어 의심치 않았다.

하지만 그에게 들려온 소식은 강간 미수 및 폭행에 의한 구속이었다.

믿을 수 없었다.

폭행이야 그렇다 치고 왜 윤호가 아닌 자신에게 강간 혐의가 있단 말인가.

그 의문은 재판장에서 드러났다.

피해자 측에 선 윤호와 수정.

두 사람은 하나같이 정훈이 벌인 일이라고 주장했다.

그뿐만이 아니었다.

증인으로 참석한 형우 또한 정훈을 범인으로 지목했다.

정작 사건이 일어날 땐 곯아떨어져 있었던 주제에 처음부터 끝까지 봤다며 거짓 증언을 일삼았다.

피해자와 증인 모두 정훈을 범인으로 몰았다.

마치 꿈을 꾸는 듯했다.

연인을 구하기 위한 행동이 어느새 폭행과 강간으로 뒤바뀌어 있었기 때문이다.

불행의 연속 중에서 그나마 다행한 사실은 피해자와의 합의를 통해 1년의 징역형을 선고받았다는 것.

하지만 부모님의 생각은 그렇지 않았다.

밝고 착하기만 한 아들이 한순간에 범죄자로 몰린 것이다.

게다가 그 피해자라는 것들이 가장 친한 친구였으니 의혹을 가지지 않을 수 없었다.

당연히 정훈도 그렇지 않았다고, 억울하다고 말했다.

부모님은 이 일의 진상을 반드시 파헤치겠다며 생계도 포기한 채 진상 규명에 나섰다.

하지만 그들의 노력과 달리 시간이 지나도 별다른 소득을 얻지 못했다.

마치 누군가 짜 놓은 것처럼 그 어떤 증거도 찾을 수 없었다.

그 이유를 깨닫는 덴 그리 긴 시간이 필요하지 않았다.

복역 6개월째 뜻밖의 면회를 받을 수 있었다.

그는 다름 아닌 윤호였다.

자신을 구렁텅이로 몰아넣은 원흉.

면회장에 온 녀석을 보는 순간 분노가 들끓었지만, 참았다.

아니, 참을 수밖에 없다는 게 맞을 것이다.

엄연히 그는 복역 중인 죄수였기 때문이다.

단지 왜, 왜 그랬냐고 물었다.

"믿진 않겠지만, 이럴 생각까진 없었어. 그냥 네가 가진 모든 걸 차지하고 싶었을 뿐이었는데. 근데 정훈아, 그거 알아? 네가 파멸하고 있는 모습을 보니 이상하게 기분이 좋다. 마치 네가 널 밟고 서 있는 것 같아. 그 어떤 쾌락도 이보다 더 황홀할 순 없을 것 같아."

그제야 정훈은 삐뚤어진 녀석의 마음을 눈치챌 수 있었다. 그리고 녀석이 이 모든 일을 계획했다는 사실도.
한 사람의 인생을 망치는 일은 윤호에게 아무것도 아니었다.
그의 부모는 기업의 총수였고, 그 또한 IT 계열의 스타트업을 통해 성공한 젊은 재벌이었다.
대한민국에 돈으로 안 되는 일은 없다.
그런 면에서 보자면 윤호는 절대적인 권력을 손에 쥐고 있는 권력자와 다를 바 없었다.
하지만 당시엔 그 사실을 인정하고 싶지 않았다.
언제나 윤호는 자신의 동정심으로 구해진 고등학생에 불과했기 때문이다.
반드시 이 일을 밝힐 거라고 발악했다.

"쯔쯔, 정훈아, 네가 아무리 발악해 봐야 소용없어. 괜히 일 더 키우지 말고 얌전히 옥 생활 하다가 나와. 내가 특별히 합의도 해 줬는데 그 은혜를 이렇게 저버릴 셈이니? 그리고 하나 더 경고하겠는데. 이리저리 들쑤시고 다니는 너희 부모 행동을 말리는 게 좋을 거야. 지금이라도 효도해야 하잖아."

그때 말을 들었어야만 했다.

하지만 분노에 휩싸인 그는 그 말을 흘려들었고, 복역 생활 마지막 하루를 남기고 충격적인 소식을 접하게 되었다.

아들의 억울함을 토로하던 부모님의 분신자살 소식이 전국에 도배된 것이다.

까맣게 타 버린 부모님의 시신을 부둥켜안은 채 눈물을 흘렸다.

반드시 복수하겠노라고 다짐한 것도 잠시.

윤호는 가진 거라고 해 봐야 몸뚱이밖에 없는 범죄자 따위가 건드릴 수 있는 사람이 아니었다.

오히려 복수를 시도할 때마다 비웃는 녀석을 마주하며 자괴감을 느낄 뿐이었다.

압도적인 힘의 차이는 모든 것을 좌절하게 만들었다.

정훈이 선택할 수 있는 건 현실에서의 도피뿐이었다.

그렇게 그는 지독한 인간 불신을 안은 채 가상의 세계, 게임에 몰두하게 되었다.

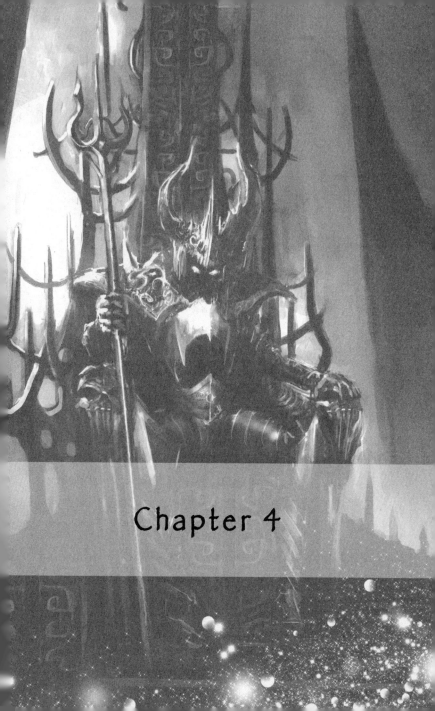

Chapter 4

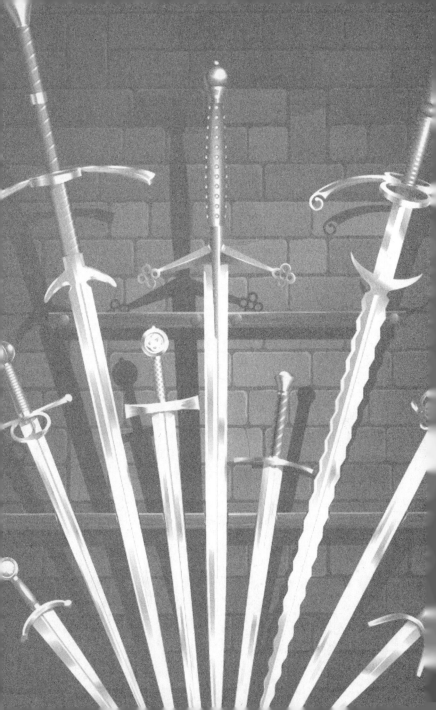

가게 안으로 들어온 세 남녀.

세월에 의해 조금 변하긴 했지만, 눈앞에 있는 건 윤호와
형우, 그리고 수정이었다.

어찌 잊겠는가.

눈만 감아도 선명히 떠오르는 얼굴의 주인공들이었다.

"이야, 이게 누구야?"

형우와 수정 사이를 가르며 선 윤호가 뒤틀린 웃음을 지어
보였다.

"한정훈, 오랜만이다."

마치 오랜 친구를 만난 것처럼 서슴없이 손을 내민다.

하지만 이에 대한 화답은 없었다.

차갑게 군은 정훈의 눈동자를 그저 윤호의 얼굴을 응시하고 있을 뿐이었다.

"뭐야, 아직도 그 일로 삐쳐 있는 거야? 사내자식이 소심하긴. 세상이 이렇게 된 마당에 지나간 일이 다 무슨 소용이라고."

내민 손을 거두며 정훈의 옆에 놓인 의자에 걸터앉은 그가 말을 이어 갔다.

"그보다 부모님 돌아가셨다는 소식 들었다. 찾아가고 싶었는데 반기지도 않을 것 같고 바쁘기도 해서 말이야. 그보다 보내 준 조의금은 왜 도로 보냈어? 형편도 어려웠을 텐데 받아 두지."

오래전 일을 바로 어제의 일처럼 이야기한다.

윤호에겐 마약보다 짜릿한 기억이었던 것이다.

명백히 도발하려는 상대의 태도. 그 태도 밑바탕에는 자신감이 깔려 있었다.

혹독한 이계에서의 시련을 모두 버텨 냈다.

그냥 살아남는 데 주력한 다른 입문자들과 달리 남다른 통찰력과 냉철함으로 우뚝 설 수 있었다.

적어도 지구인에 한해서라면 자신보다 뛰어난 무력을 지닌 자는 없을 거라 장담했다.

피식.

그 자신감에 처음으로 반응을 보였다.

오래전, 복수를 위해 찾아갔으나 경호원에 의해 제지되었던 그날 보았던 윤호의 비웃음을 닮아 있었다.

"고맙다. 아직도 살아 있어 줘서."

단 한 번도 하늘에 감사한 적이 없다.

하지만 지금 이 순간만큼은 감사하지 않을 수 없었다.

"고맙다?"

윤호의 눈썹이 위아래로 출렁인다.

심기가 불편할 때 나오는 그의 버릇 중 하나였다.

뭔데 이 새끼는 이리 당당할까.

마음에 안 든다.

당장에라도 숨통을 끊어 버리고 싶었다.

이계에서의 생활은 사람을 죽이는 것에 하등 죄책감을 느끼지 않도록 만들어 주었던 것.

하지만 끓어오르는 살기를 억눌렀다.

'그냥 죽이는 건 재미없잖아?'

손을 써 죽이는 건 너무도 쉬운 일이었다.

그러나 어렵사리 만난 친구를 편하게 보낼 순 없었다.

아래에 두고 평생 괴롭히고 싶다.

윤호의 입가에 비릿한 미소가 그려졌다.

그것은 오래 전 그를 괴롭히던 일진의 미소를 닮아 있었다.

"걱정해 주는 거야? 이야. 역시 친구밖에 없다니까."

맞장구를 바라며 뒤를 돌아본다.

정훈을 본 순간부터 내내 그리 표정이 좋지 않은 형우와 수정이었다.

그들에게 이 만남은 그리 유쾌한 게 아니었다.

"안 그래?"

윤호의 얼굴이 굳어졌다.

"그, 그렇지. 정훈아 오랜만이다."

"오랜만이에요, 오빠."

감히 윤호의 신경을 거스를 수 없었던 두 사람이 어색한 인사를 건넸다.

영락없이 눈치를 보는 그 모습은 친구, 그리고 일생을 함께하는 부인이라곤 볼 수 없었다.

그도 그럴 게 정훈을 배신한 그때부터 세 사람은 동등한 관계가 아닌 주인과 하인의 관계가 되었다.

현실에서의 관계는 지금도 변함이 없었다.

보다 강력한 무력을 손에 넣은 윤호가 그들을 보호해 주고 있는 셈.

그렇기에 두 사람은 그 어떤 말도 거스르지 못하는 처지였다.

하지만 역시 대답은 없다.

두 사람을 응시하던 정훈의 눈동자는 반드시 돌아가야 할 것처럼 윤호에게 향했다.

"지나가는데 맛있는 냄새가 나기에 와 봤는데, 설마 여기서 널 보게 될 줄은. 정말 기막힌 우연, 아니, 인연이라고 해야 하나. 이렇게 넷이 있으니까 옛날 생각도 나고 좋다, 야."

친근하게 어깨동무를 걸쳤다.

정훈은 무심한 눈길로 응시만 할 뿐 딱히 아무런 행동도, 제지도 하지 않았다.

"자, 그럼 가 볼까?"

꽈악.

어깨를 쥔 손에 힘이 들어간다.

"어딜?"

닫혀 있던 입이 열리고 무심하고 담담한 한마디가 흘러 나왔다.

"어디긴 어디야. 이렇게 넷이 모였으니 이제 함께 뭉쳐 다녀야지. 아참, 넌 모르겠구나. 내가 리바이버라는 강력한 단체의 부대장이거든. 물론 형우와 수정이도 소속되어 있고. 넌 특별히 내가 꽂아 넣어 줄 테니까 나만 믿고 따라와."

그건 권유가 아닌 협박이었다.

만약 거부한다면? 강제로 끌고 갈 것이다. 물론 그 과정 중 험악한 분위기가 연출되겠지만 말이다.

"싫다면?"

그래, 그렇게 나와야지.

익히 예상하고 있던 바였다.

윤호는 오히려 이런 정훈의 반항을 반겼다.

"새끼, 오래 안 봤다고 기가 산 것 같은데, 넌 영원히 내 밥이야!"

사실 이 순간을 기다렸다.

곧장 힘을 주어 어깨를 내리 눌렀다.

곧 녀석은 무릎을 꿇은 채 위를 올려다보게 될 것이다.

"으읍!"

정작 신음 소릴 낸 건 윤호였다.

분명 한 사람을 내리 눌렀지만, 산처럼 굳건했다.

"이게 다는 아니겠지?"

어깨를 털어 낸 정훈의 무심한 시선, 그 눈동자엔 반드시 담겨 있어야 할 감정이 없었다.

극에 이른 분노는 오히려 아무런 감정도 담아 내지 않았던 것.

"어디서 그런 눈을!"

상황, 담겨 있는 감정 모든 게 달랐다.

하지만 그 눈을 보고 있자니 오래전 일, 일진들에게 당하고 있던 자신을 구해 주던 정훈의 눈동자가 떠올랐다.

이제 난 녀석을 뛰어넘었다.

녀석은 결코, 내 앞을 막을 수 없다.

복잡한 기억의 편린이 그를 지배했고, 그것을 연료 삼아 분노라는 불길이 타올랐다.

윤호가 일으킨 기의 파장이 사방으로 뻗어 나가자 그것에 반응하듯 형우와 수정의 기운이 동조했다.

운 좋게 1막의 비밀 던전에서 획득할 수 있었던 삼위일체 三位一體라는 스킬이 발동한 것.

스킬을 습득한 세 명은 서로의 기운을 한 명에게 몰아 줄 수 있다.

놀라운 건 이렇게 모인 기운이 다시 3배로 증가한다는 사실이었다.

무려 6막을 넘어 보너스 시나리오까지 살아남은 세 사람의 기운이 3배로 증가한 것이니 그 능력치의 합은 어마어마할 수밖에 없었다.

"그냥 죽어!"

더러운 기운에 간신히 억눌렀던 살심이 끓어올랐다.

더는 참을 수 없다.

괴롭히고 뭐고 지금은 녀석을 죽여야 기분이 풀릴 것 같았다.

후웅.

거력이 실린 주먹이 대기를 찢으며 쇄도했다.

그 일격에 실린 힘은 웬만큼 실력자라 자부하는 입문자도 피떡으로 만들 정도였다.

퍽!

정확히 안면을 가격했다.

그런데 정작 공격을 성공시킨 윤호의 표정이 좋지 않았다.

"이게 다는 아니겠지?"

주먹 사이로 드러난 무심한 눈동자가 여전히 윤호를 노려보고 있다.

"이 새끼가!"

허리에 달고 있었던 검을 빼내어 휘둘렀다.

"발도拔刀."

준형이 습득하기도 한 상급 공격 스킬.

검을 빼내어 베기까지 필요한 시간은 찰나에 불과했다.

호선을 그린 전설급 도끼, 반고부盤古斧가 정훈의 머리를 쪼갰다.

팍.

윤호의 눈이 화등잔만 하게 커졌다.

경악으로 물든 눈동자 너머엔 정훈이 있었다.

반으로 나눠져 시체가 되어 있어야 할 그는 너무도 멀쩡한 모습으로 시선을 마주쳤다.

"고작 이 정도구나."

확인하고 싶었다.

자신을 나락으로 떨어뜨린 윤호의 전력이 어느 정도인지, 그렇게 발악하며, 남을 짓밟아 가며 얻은 게 얼마나 대단한지를 말이다.

확인 결과?

예상과 크게 다르지 않은 수준이었다.

물론 7막까지 살아남은 정도의 실력은 있으나 그게 다다.

'이런 놈 때문에…….'

청춘도, 연인도, 친구도, 부모님도. 모든 것을 잃은 채 절망 속에서 살아야만 했다.

고작 이런 놈 때문에 말이다.

갈무리되어 있었던 분노가 기세로 화해 식당 안을 잠식했다.

"허억!"

"으으으."

지금껏 그 누구도 도달한 적 없는 입신의 경지에서 뿜어져 나오는 기세.

감추는 것 없이 뿜어 대는 성난 기세는 감히 세 사람이 버틸 수 있는 수준이 아니었다.

놀라움에 동공이 확장된 그들은 뱀을 눈앞에 둔 쥐새끼처럼 손가락 하나 까닥하지 못했다.

할 수 있는 일이라곤 두려움으로 가득 찬 눈동자를 굴리는 것뿐.

정훈이 무거운 한 걸음을 떼었다.

쿵. 분명 아무런 소리도 나지 않았지만, 세 사람의 귓가엔 천둥이 쳤다.

바로 앞의 윤호를 스쳐 지나간 정훈은 형우 앞에 섰다.

"왜 그랬지?"

이미 지나간 일이다.

하지만 진실은 궁금할 수밖에 없었다.

유치원 때부터 이어 온 우정이었다.

그런데 왜?

어째서 거짓 증언을 했는지 아직도 이해할 수 없었다.

"그, 그건⋯⋯."

우물쭈물 대답을 망설인다.

그럴 수밖에 없다.

돈 때문에, 어리석은 질투심에 눈이 멀어 친구를 팔아 넘겼다고 제 입으로 말할 수 없었기 때문이다.

망설이는 그 모습에 곧장 벌을 집행했다.

뿌득.

"으아악!"

왼손을 잡은 채로 잡아당겼다.

아무리 단련된 육신이라 한들 입신의 경지에 이른 정훈의 힘 앞엔 종잇장과 마찬가지.

어깻죽지부터 뜯겨져 나간 왼팔을 잡고는 흔들어 보였다.

"왜 그랬지?"

"으, 으으으."

고통에 대답하질 못한다.

그럼에도 정훈에겐 용서는 없었다.

뿌득―

"아악!"

오른팔이 뜯겨 나갔다.

아마 평범한 사람이었다면 고통을 이기지 못하고 쇼크사 했을 것이다.

불행히도 형우는 보통 사람이 아니었다.

극의 경지에 이른 강인함을 지니고 있었기에 육체가 뜯기는 고통에도 정신이 또렷이 유지되고 있었다.

"왜 그랬지?"

"으으, 유, 윤호가 증언만 해 주면 도, 돈을 준다고 했어. 회사에 취직 자리도 보장해 준다고……."

평생 만져 볼 수 없는 돈과 안정적인 취직 자리.

거짓 증언의 대가는 달콤한 것이었다.

그렇지 않아도 평소 정훈에게 질투심을 느끼고 있었던 형우는 덥석 먹이를 물 수밖에 없었다.

"그래? 그럼 벌을 받아야지."

감정의 고조 없이 담담히 말했으나 그 행동만큼은 과격했다.

오른발, 왼발이 사타구니서부터 뜯겨져 나갔다.

사지가 생으로 뜯겨 나가는 고통은 어떻게 표현할 수 있는 게 아닌 것.

"아으아……."

용케 의식을 잃지 않고는 있으나 참을 수 없는 고통에 반쯤 정신을 놓았다.

그리고 입으로는 연신 거품을 게워 내야만 했다.

지면에 엎어져 버둥거리는 그 모습을 차갑게 응시하던 정훈의 시선이 이내 수정에게 향했다.

뚜벅.

그가 한 걸음 내딛는 순간, 벼락에라도 맞은 것처럼 수정이 몸을 떨었다.

수정의 눈에 비치는 정훈은 악귀였다.

복수를 위해 불구덩이를 뚫고 나온 악귀 말이다.

"왜 그랬지?"

어김없이 질문이 이어졌다.

"마, 말할게, 오빠. 다 말할게. 저 새끼, 저 새끼가 다 시킨 일이야. 나, 나는 진짜 그러고 싶지 않았어. 오빠, 믿어 줘."

스팟!

예리한 무언가가 얼굴을 스치고 지나갔다.

눈동자에 비치는 핏빛 방울. 고운 얼굴에 생겨난 혈선은 단순한 검상이 아니었다.

"꺄악!"

그저 스치고 지나갔을 뿐인데도 어마어마한 고통이 몰려왔다.

마치 얼굴 전체가 불에 타오르는 듯했다.

용광검에 부여된 불길이 상흔에 깃들었기 때문이다.

태초급 무기의 권능이 깃든 상처는 그 어떤 아이템, 물약, 스킬로도 고칠 수 없다.

그녀는 이제 평생 지워지지 않을 상처를 지고 살아가야만 하는 것이었다.

"왜 그랬지?"

어설픈 변명은 사양이었다.

정훈이 듣고 싶은 건 진실, 그녀의 속마음이었다.

"진짜야, 오빠. 난 진짜 윤호가 그렇게까지 할 줄 몰랐……까아!"

이번에는 왼쪽 눈썹에서 오른쪽 볼 아래로 내려오는 사선이었다.

조금 전 새겨진 상흔과 겹쳐 X자의 흉터가 얼굴을 덮었다.

"왜 그랬지?"

"오빠, 왜 그래? 왜 이렇게 내 말을 못 믿는 거야? 예전엔 그런 사람 아니었잖아."

형우 때와 달랐다.

그녀는 자신에겐 잘못이 없고 모든 게 윤호 때문이라고 우겼다.

예전 기억을 떠올리며 감정에 호소하기도 했지만, 정훈에 겐 먹히지 않았다.

시간이 지날수록 흉터는 늘어났다.

얼굴을 가득 메운 흉터는 곧장 몸으로 옮겨 갔다.

잠시 후, 아름다운 외모의 수정은 검게 그을린 상흔으로 가득한 모습이 되었다.

　열기에 의해 부풀어 오른 물집과 진물로 가득한 괴물.

　음성만 아니라면 여자라 생각할 수 없는 흉측한 몰골이었다.

　"개새끼!"

　결국 그녀의 입에서 원독에 찬 욕설이 튀어 나왔다.

　자신의 죄를 인정하는 순간 죽고 말 것이다.

　그렇기에 계속 핑계를 대며 아니라고 했으나 이제 죽음은 아무런 의미가 없어졌다.

　"네가 나라면 안 그랬을 것 같아? 너 같이 능력도 없고 무식한 새끼랑 살면 미래가 어떨지 빤하잖아. 그래서 더 나은 선택을 했을 뿐이야. 내가 도대체 뭘 잘못했는데!"

　그제야 속에 있던 마음을 털어놓았다.

　그녀는 단지 좀 더 나은 미래를 선택했을 뿐이다.

　그게 비록 사랑하던 사람을 배신하고 그를 나락에 빠뜨리는 일이라 해도 말이다.

　"잘못하지 않았어."

　발작적으로 말한 그녀의 말에 대한 답은 의외의 것이었다.

　"힘이 있는 잔 약자를 짓밟을 권리가 있지. 나도 마찬가지야. 지금 내게 힘이 있으니 너희를 짓밟을 뿐. 그거에 대한 이유가 필요한가?"

결국 모든 건 힘의 논리다.

현실에서 그는 힘이 없기에 세 사람에게 당해야만 했다.

하지만 지금은 어떤가.

세 사람을 압도하는 힘이 있기에 짓밟을 수 있는 것이다.

복수라는 명목 하에 말이다.

"……."

그녀는 아무 말도 할 수 없었다.

밝고 명랑한, 매사에 긍정적이고 자신이 손해를 보는 한이 있어도 다른 사람을 위해 줄 줄 아는 사람.

예전 그 모습을 떠올리고 있었던 그녀에게 차갑다 못해 얼음장 같은 정훈의 모습은 이질적인 것이었다.

정말 같은 사람이 맞는지조차 의심될 정도였다.

그녀는 자신이 벌인 일로 인해 정훈이 얼마나 많은 고통을, 어떤 심경의 변화를 겪었는지 알지 못했다.

고통을 준 사람은 고통 받은 사람의 심정을 이해하지 못한다.

그녀 또한 이기적인 한 사람일 뿐이었다.

육신을 괴롭히는 고통으로 움찔대는 그녀를 뒤로한 채 마지막 걸음을 옮겼다.

정면을 바라보았다.

그곳엔 표독한 시선의 윤호가 있었다.

"너 이 새끼. 알량한 힘을 믿고 까부는데, 날 건드리면 우리 길드가 가만히 내버려 두지 않아!"

본인의 힘이 무력화된 지금 꺼낼 수 있는 카드라곤 소속되어 있는 길드, 리바이버뿐이었다.

정훈의 무력을 확인한 순간에도 믿을 수 있을 만큼 강력한 세력이었다.

스나크 대륙의 절대자인 악튠에 의해 창시된 곳.

그에게 패배한 실력자들과 함께 단체로 거듭난 리바이버는 아지트의 도움 없이도 늑대 무리를 처리할 만큼 막강한 세력이었다.

"리바이버⋯⋯."

아직도 희망을 놓지 않고 있다.

그것이 마음에 들지 않았다.

모든 것을 잃어버렸을 때의 나처럼 절망하길 바랐다.

그리고 그 일을 위해서라면 무슨 일이든 할 것이다.

"안내해."

"뭐, 뭣?"

"네가 말한 그 리바이버가 있는 곳으로 안내하라고."

윤호는 물론 고통에 몸부림치고 있던 형우와 수정 두 사람의 눈이 번쩍 뜨였다.

자만인가. 아니면 다른 꿍꿍이가 있는 것일까.

아니, 지금은 그게 무엇이든 상관없었다.

'살 수 있다.'

꼼짝없이 죽었다고 생각했다.

하지만 절망 속에 내리쬐는 한 줄기 빛처럼 희망이 나타났다.

그것이 무슨 꿍꿍이든 무슨 상관이랴.

살 수만 있다면, 이 악귀의 손에서 벗어날 수만 있다면 무슨 일이든 할 수 있다.

"가라면 못 갈 줄 알고?"

잠시 눈치를 보던 윤호가 그대로 몸을 튕겼다.

와장창!

얼마나 다급한지 문을 박살내며 날아갔다.

잠시 그 모습을 응시하던 정훈은 쓰러져 있던 형우와 수정을 안은 채 윤호의 뒤를 따랐다.

⁂

부산 서면의 중심가에 위치한 백화점.

과거엔 쇼핑의 메카였던 곳. 하지만 지금은 리바이버라는 길드의 아지트가 되어 있었다.

무려 5만 명이나 되는 수많은 인원이 백화점 곳곳에서 움직였다.

하나하나가 평범한 입문자 수준을 상회하는 굉장한 실력자들.

그 강력함은 현존하는 길드 중에서도 다섯 손가락 안에 꼽을 정도였다.

"적이다. 적이 나타났다!"

갑자기 일어난 소란에 이목이 집중되었다.

소란의 근원지는 백화점의 정문 쪽이었다.

빠른 속도로 입구를 향해 달려오는 이는 바로 정찰대의 부대장인 윤호였다.

아군의 외침에 경계 태세에 돌입해 윤호의 뒤를 따르는 적을 확인했다.

사지가 뜯겨 나간 사내와 물집과 진물로 엉망이 된 이를 안은 이.

흉측한 몰골이 누군지 알 수 없으나 형우의 얼굴은 단번에 알아볼 수 있었다.

정찰대에 소속된 인원 중 하나다.

삐이이-.

백화점 전체에 경고음이 울려 퍼졌다.

적이 나타났을 때를 알리는 알람 스킬이었다.

그 집단의 무력을 확인하는 가장 간단한 방법 중 하나가 적이 침입했을 때에 대응하는 속도를 보면 알 수 있다.

그 점에서 리바이버는 뛰어난 모습을 보였다.

각자 개인 활동을 하고 있었던 길드원 모두가 순식간에 전투태세에 돌입했다.

순식간에 완벽한 수비 진영을 완성한 백화점 안으로 윤호가 들어섰다.

"죽여. 녀석을 당장 죽여!"

발작적으로 외치는 그 음성에 광기가 묻어 있었다.

물론 그 감정의 여운을 느끼기도 전, 하늘이 색색의 기운으로 물들었다.

길드원을 건드린 적은 절대로 살려 두지 않는다.

그것이 리바이버가 지닌 철칙.

수백 명이 동시에 발휘한 원거리 스킬이 정훈을 강타했다.

"저게 뭐야?"

놀란 사람들의 외침이 터져 나왔다.

믿을 수 없는 광경이었다.

정훈에게 쇄도하던 기운이 소멸한 것이다.

다른 어떠한 행동을 취했더라면 이 상황을 이해할 수 있었을 것이다.

하지만 정훈은 걸어가는 것 외에는 아무런 행동도 취하지 않았다.

아니, 사실 아무 행동을 하지 않은 건 아니다.

이미 이곳에 오기 전부터 용광검이 지닌 풍의 권능을 보호막처럼 주위에 둘렀다.

타인에겐 보이지 않는 바람의 보호막이 그를 보호하고 있었던 것이다.

그것은 무적의 보호막이었다.

적어도 이곳에서 태초급 무기가 지닌 권능을 뚫을 수 있는 존재는 없기에.

슉.

작은 바람 소리만을 남긴 정훈의 신형이 사라졌다.

그를 찾기 위해 사방으로 고개가 돌아갔지만, 굳이 찾을 필요는 없었다.

어느새 정훈은 백화점 안, 적진의 중앙에 진입한 상태였다.

"네가 왜 죽는지 알아?"

앞에 선 사내, 이름조차 모르는 리바이버 길드원을 향해 물었다.

"그게 무슨⋯⋯?"

의문에 찬 음성.

하지만 그 대답을 들을 이유는 없었다.

"네가 죽어야 하는 건 형우, 수정, 윤호. 이 세 연놈들 때문이다."

서걱.

할 말은 그게 끝이었다.

일직선의 궤적을 그린 용광검이 목을 베었다.

찰나 간에 벌어진 일.

죽음도 인지하지 못한 사내는 그렇게 쓰러졌다.

"뭐 하고 있어? 얼른 포위해!"

"적은 하나다. 당황하지 말고 침착하게 대응해!"

갑작스럽게 벌어진 일 때문에 장내는 혼란에 빠졌다.

이에 부대장급 간부들이 나서서 지휘를 시작했다.

결과적으로는 성공이었다.

황급히 전열을 재정비하며 정훈을 포위한 그들이 체계적인 공격을 시작했다.

하지만 이 같은 행동은 정훈에겐 아무런 의미도 없는 일이었다.

압도적인 인원, 완벽한 전술.

그 무엇도 압도적인 힘 앞에서는 굴복할 수밖에 없다.

"네가 왜 죽는지 알아?"

죽음이 있는 곳이면 어김없이 정훈의 질문이 이어졌다.

일수에 쓸어 버릴 수 있는 힘이 있음에도 그러지 않았다.

그가 목적한 것은 이들의 말살만이 아니었기 때문이다.

하나하나 직접 목을 베었다.

유일한 희망이라 여긴 이곳, 리바이버가 서서히 몰락하는 것을 보여 주고 싶었다.

천천히 목을 죄어 오는 죽음의 그림자처럼, 그 압도적인 절망 앞에 질식하길 바랐다.

친구와 연인의 배신, 그리고 부모님의 죽음에 의해 절망의 나락에 빠졌던 자신처럼 말이다.

"괴, 괴물……."

"도망, 도망가야 돼!"

적은 고작 한 명에 불과했다.

게다가 엄청난 힘을 보여 주는 것도 아닌, 그저 검으로 목을 벨 뿐이었다.

처음에는 같잖게 여겼다.

하지만 시간이 지날수록 모두가 공포에 빠져들 수밖에 없었다.

어떤 공격도 그 앞에선 소용이 없었다.

하나하나 목을 베는 그 행위를 막지 못했다.

다음엔 내가 죽을지도 모른다.

서서히 다가오는 사신의 낫에 급기야 이성을 잃은 이들이 도주를 시작했다.

하지만 정훈은 그런 이들을 가만히 내버려 두지 않았다.

녀석들과 관련된 녀석들이다.

1명도 살려 보낼 생각이 없었다.

"네가 왜 죽는지 알아?"

사방으로 흩어지는 이들 앞에 나타난 그의 질문.

그리고 어김없이 죽음이 찾아왔다.

일일이 찾아가 목을 베는 일이다.

당연히 시간이 많이 걸릴 것으로 예상했으나 마치 유령처럼 사방에서 출몰하는 정훈에겐 그리 오랜 시간이 필요치 않았다.

30분이 지나기도 전, 벌써 수천 명이 그의 손에 의해 죽음을 맞이했다.

"이건 꿈일 거야."

급기야 현실을 부정하는 이들도 생겨났다.

넋을 놓은 그들은 눈앞에서 펼쳐지는 광경을 그저 하염없이 바라만 봤다.

"윤호, 이 개새끼!"

"녀석을 잡아!"

현실을 부정하는 이들과 달리 좀 더 적극적인 행동을 보이는 이들도 있었다.

윤호, 수정, 형우로 인해 죽는다는 정훈의 말이 힌트였다.

녀석들을 잡아다 바치면 이 거짓말과 같은 행위를 멈출 수 있지 않을까.

죽음 앞에 당당할 이는 많지 않다.

리바이버에 소속된 수많은 종족들 또한 비굴해질 수밖에 없었다.

"이 새끼들이! 놔, 놓으라고!"

수상한 낌새를 눈치챈 윤호는 도망갈 작정이었다.

하지만 그의 움직임을 예의주시하고 있던 같은 부대장 3명이 가까스로 붙잡을 수 있었다.

"닥쳐, 이 씨발놈아."

"개새끼, 너 때문에 이 꼴이 났는데, 도망을 치려고?"

사정이야 어찌 됐든 저 괴물을 끌고 온 건 모두 윤호의 책임이었다.

일이 잘 풀렸다면 당연히 아군의 편을 들겠지만, 지금은 사정이 그렇지 않다.

어떻게든 급한 불을 꺼야만 했고, 그 희생물은 윤호가 될 수밖에 없었다.

"이게 무슨 소란이냐?"

희생양을 정훈에게 데려가고자 했으나 그 시도는 불발되었다.

놀라운 속도로 백화점으로 진입한 이들은 화려한 무장으로 단단히 무장한 무리는 바로 악튠과 고위 간부들이었다.

교환소의 악마가 사라졌다는 소식에 지금껏 모은 증표를 교환하고자 자리를 비웠다가 복귀한 것이다.

'도대체 이게 무슨 상황인가.'

장내를 훑어본 악튠과 간부들은 당황할 수밖에 없었다.

목이 달아난 수천의 시체, 같은 아군과 충돌하고 있는 현 상황까지.

도무지 무슨 일이 벌어지고 있는지 짐작하기가 어려웠다.

한 가지 분명한 건 낯선 얼굴의 사내, 정훈이 바로 적이라는 점과 그가 자신의 구역에 침범해 이 사달을 냈다는 것이다.

고오오.

의지가 일자 자연스럽게 기운이 발산되었다.

탈에 도달한 절대강자 수십 명이 내뿜는 기운이 폭풍처럼 백화점을 휩쓸었다.

"마, 마스터!"

"악튠 님이 오셨다!"

뒤늦게 악튠을 발견한 길드원들이 환호했다.

지금껏 수많은 강자들이 그의 손에 쓰러졌다.

늘 그랬던 것처럼 이번에도 예외는 아닐 것이다. 모두가 그리 믿었다.

"합!"

그저 기합성을 한 번 내질렀을 뿐이었다.

그로 인해 폭풍이 되어 장내를 휩쓸던 기운이 일시에 소멸되었다.

"이, 이 무슨……."

믿을 수 없는 광경에 악튠이 눈을 부릅떴다.

"네가 죽어야 하는지 알려 줄까?"

어느새 다가온 정훈이 예의 그 질문을 이었다.

"무슨 개 소리냐?"

지금까지의 과정을 알 턱이 없는 악튠이 검을 뽑아 들었다.

불멸급 무기 용천검.

단 한 번도 빗나가지 않은 강력한 권능이 검기화되어 오색 광채를 뿌렸다.

하지만 검끝이 정훈에게도 닿기 전 목에 혈선이 그어졌다.

푸확!

머릴 잃은 육신에서 뿜어져 나온 피가 분수처럼 솟구쳤다.

"마스터!"

급작스러운 길드 마스터의 죽음.

심상치 않은 상황을 읽은 간부들이 너 나 할 것 없이 정훈에게 달려들었다.

정훈의 육신이 물결에 비친 것처럼 흐릿해졌다.

그리고 다음 순간 놀라운 광경이 펼쳐졌다.

"네가 왜 죽어야 하는지 알려 줄까?"

"네가 왜 죽어야 하는지 알려 줄까?"

"네가 왜 죽어야 하는지 알려 줄까?"

수십 명으로 불어난 정훈이 간부들의 앞에 선 채로 질문을 던졌다.

그것은 특수한 능력이 아니었다.

소리와 빛, 시간마저도 초월한 능력.

입신의 경지에서 나온 순수한 움직임이었다.

죽음은 공평하게 그들을 방문했다.

털썩.

눈 깜짝할 사이 악튠과 간부들이 쓰러졌다.

"미쳤어……."

믿기지 않는 광경을 목격한 길드원들이 할 수 있는 일이라곤 망연자실하게 넋을 놓거나……

"윤호, 윤호를 잡아!"

마지막 희망인 윤호를 잡아 대령하는 것뿐이었다.

길드 마스터와 간부들의 등장으로 모든 게 해결될 거라 생각했던 윤호는 주변을 포위한 이들, 한때는 같은 길드원이었던 이들을 멍하니 응시할 수밖에 없었다.

금방이라도 목이 달아날 것 같은 험악한 분위기. 그 분위기에 찬물을 끼얹은 건 정훈이었다.

"녀석의 차례는 가장 마지막이야."

보호하듯 윤호의 옆에 섰다.

악튠과 간부들마저 단숨에 죽여 버린 괴물이다.

감히 그 누구도 덤벼들지 못했다.

"난 죽고 싶지 않아!"

마지막 희망 윤호도 소용없다.

덤빌 수도 없다.

선택할 수 있는 건 도주뿐이었다.

수만이 한꺼번에 도주를 선택했다.

이중에 누군가는 살아남을 수 있지 않을까.

그런 헛된 희망을 꿈꾸었으나 그들 앞에 닥친 건 절망이었다.

슈슈슉.

단 한 명도 빠짐없이 모두의 앞에 정훈의 분신이 나타났다.

죽음을 부르는 질문.

"윤호, 이 시발 새끼!"

"죽어서도 널 저주할 테다."

"개새끼, 다 너 때문이야."

"죽어, 제발 죽으라고!"

원독에 찬 이들의 외침이 장내에 울려 퍼졌다.

분명 손을 쓰는 건 정훈이었다.

그런데 원망의 대상은 그가 아닌 윤호와 수정, 그리고 형우였다.

원망에 찬 눈빛, 수만 명의 내뱉은 절규가 세 사람의 귓가에 박혀 들었다.

"아, 아니야. 아니야. 내, 내 잘못이 아니야!"

이계에서의 시련으로 성장한 정신력도 그것을 버텨 낼 순 없었다.

계속해서 귓가에 맴도는 절규에 도리질을 쳤다.

서걱, 서걱, 서걱.

이와는 무관하게 귓속을 파고드는 건 수만 명의 목을 베는 소리였다.

공포, 절망, 분노, 회한, 죄책감.

여러 감정으로 물든 눈동자가 주변을 훑었다.

"흐읍!"

5만 명이나 되는 길드원 중 머리가 붙어 있는 이 하나 없다.

그런데 우연이었을까.

떨어진 머리가 윤호를 응시하고 있었다.

오직 원망의 감정만 담은 수만 명의 눈길에 윤호의 머릿속이 새하얗게 물들었다.

"한정훈!"

마지막 남은 힘을 쥐어짜 덤벼들었다.

그것은 마지막 발악이었다.

어차피 죽음은 기정사실이었기에 모든 것을 포기한 체념의 일격이기도 했다.

혼신을 다한 검격은 정훈에게 닿지 못했다.

맨손으로 검날을 붙잡은 정훈이 자신 쪽으로 끌어당겼다.

그렇게 정훈과 윤호. 두 사람은 숨결이 닿을 정도로 가까워졌다.

"모든 걸 잃어 보니 기분이 어때?"

현대의 삶이 사라진 지금 이계의 삶이 그의 전부다.

그렇기에 철저히 부숴 버렸다. 예전의 그가 한순간에 모든 것을 잃었던 것처럼.

"크흐흐."

정훈의 물음에 갑작스레 웃음을 터뜨린다.

"복수하니까 좋냐? 그래. 좋겠지. 근데 내가 비밀 한 가지 알려 줄까?"

혹여 누가 들을세라 귀에 대고 속삭였다.

"네 부모 있잖아. 기사에는 분신자살이라고 했는데, 그거

내가 시킨 거야. 킥. 아니, 내 손으로 직접 휘발유 뿌려서 화악. 살려 달라고 애원하는데 얼마나 재밌던지. 커, 커컥!"

웃으며 말하는 녀석의 목을 움켜쥐었다.

강렬한 안광은 마치 타오르는 듯했다.

그간 보이지 않았던 감정이 불꽃처럼 타오르고 있었다.

"키, 키키킥. 그 얼굴이야. 그 얼굴이 날 황홀하게 만든단 말이야."

마약에 취한 것처럼 눈동자가 풀어진다.

죽음의 순간에도 일그러진 정훈의 얼굴을 보고 있자니 기쁘기 그지없다.

이 정도 선물이라면 얼마든지 죽음을 맞이할 수 있었다.

"쉽게 죽을 수 있을 거라 생각하지 마라."

애초에 곱게 죽일 마음 따윈 없었다. 죽음은 녀석들에게 안식이나 다름없으니.

그렇기에 이곳으로 오는 내내 고민했다.

그들이 믿는 희망을 부숴 버리는 건 중간 과정에 불과했다.

결론은 의외로 간단했다.

결국 인간은 자신에게 행해지는 고통에 가장 민감할 수밖에 없다.

최대한 고통을 줄 수 있는, 절대로 잊히지 않는 고통을 각인시키기 위해선 필요한 게 있다.

"바람의 소리를 들려다오."

용광검의 능력은 비단 공격에만 한정되지 않는다.

공격, 수비, 치유, 보조. 네 가지 속성처럼 네 가지 다양한 권능을 지니고 있다.

그중 풍의 힘에 보조 역할의 의지를 부여한다면 '절대 감각'이라는 버프가 활성화된다.

이 버프는 오감을 극도로 끌어올려 평소 느낄 수 없는 영역에 닿게 하는 역할을 한다.

연녹색 바람이 윤호와 수정, 그리고 형우의 주변을 맴돌았다.

"끄아악!"

"꺄아아!"

반쯤 정신을 잃고 있던 수정과 형우가 비명을 질렀다.

찢어지는 그 비명은 지옥의 구렁텅이에서 나온 것처럼 끔찍하기 그지없었다.

갑작스러운 비명은 절대감각으로 인한 것이었다.

오감 중에는 촉각, 즉 통각도 포함되어 있다.

그렇기에 절대감각은 그들이 느끼는 고통을 수백, 수천 배는 더 증가시킨다.

간단히 예를 들면 바늘로 찌르는 따끔한 고통도 이들에겐 대못으로 박아 대는 고통이 되는 것.

특히 수정과 형우는 지금 정훈에 의해 형편없이 당한 상태였다.

그 고통은 죽음에 이를 수도 있을 듯했다.

"물결이여, 멀리 퍼져라."

이번에는 수의 힘에 치유의 의지를 실었다.

용광검에서 뿜어져 나온 물줄기가 고통에 몸부림치는 두 사람을 적셨다.

치유의 물결은 대상이 받은 피해를 대부분 회복시킨다.

물론 잘린 팔과 다리를 재생하는 건 불가능하지만, 다른 자잘한 상처나 고통을 없애 주는 덴 충분했다.

회복의 권능을 받은 두 사람은 그제야 고통에서 벗어날 수 있었다.

그의 시선이 어떤 생각에 미쳐 일그러진 윤호에게 향했다.

"내가 뭘 할진 알고 있겠지?"

육신을 넘어 영혼에까지 새겨지는 고통을 선사해 줄 것이다.

그것도 일시적인 게 아닌, 치유의 물결을 통한 아주 장시간을 말이다.

심각하게 굳어 있던 윤호가 입술을 질끈 깨물었다.

무언가 단단히 결심한 듯 검을 거꾸로 집어 들어 그대로 목을 찌르려 했다.

물론 그 행동은 정훈에 의해 막혔다.

그의 눈에 비친 윤호의 움직임은 슬로우 비디오처럼 느리게만 보이기에 사전에 차단할 수 있었다.

"노, 놓으라고!"

앞으로 어떤 일이 벌어질지 짐작이 가는 바였다.

죽음보다 더한 고통을 받으니 차라리 일순간에 끝나는 죽음을 선택하고 싶었다.

하지만 그마저도 불가능했다.

그의 힘으로 정훈을 뿌리치는 건 힘든 일이었다.

"타올라라."

준비는 이미 모두 마쳤다.

정훈은 화의 힘을 일으켜 윤호의 몸뚱이를 불태웠다.

"끄으으으으악!"

산 채로 몸이 불탄다.

그것만으로도 충분히 고통스러울 테지만, 지금 그의 통각은 어마어마하게 발달한 상태였다.

살점이 불에 타고, 빨갛게 익은 피부 사이로 진물이 흘러내렸다.

그 고통은 세상의 그 무엇으로도 표현할 수 없으리라.

고통에 발버둥 치며 지면을 굴렀다.

처음에는 그 움직임이 무척 격했으나 점차 잦아들기 시작했다.

잠시 후면 죽음에 이를 것이다.

하지만 정훈은 그의 죽음을 허락할 생각이 없었다.

용광검에서 분출된 물줄기가 그의 몸을 덮었다.

절대 꺼지지 않을 것만 같던 불길이 잡히고, 화상을 치유했다.

물론 피부를 완전히 재생시켜 주진 않았다.

피부 곳곳에 불길의 흔적이 고스란히 남은 그는 홍인紅人이 되어 있었다.

"허억, 허억!"

가쁜 숨을 몰아쉰다.

그리 길지 않은 시간이었지만, 영혼이 불타 버린 것처럼 끔찍한 고통을 맛봤다.

이건 자신이 생각하던 고통과는 차원이 달랐다.

"저, 정훈아. 제발, 제발 그냥 죽여 주라. 그래도 우린 친구였잖아. 그, 그때 생각 안나? 내가 일진들에게 당하는 날 구해 줬었던 날."

급기야 애원한다.

도무지 조금 전과 같은 고통을 감당할 자신이 없었다.

"그날이 내 인생에서 가장 후회되는 날이야."

화르륵.

"끄악, 끄으으악!"

인간이 내는 소리라곤 생각할 수 없는 괴성이 메아리쳤다.

그 광경을 바라만 봐야 하는 수정과 형우는 두려움에 몸을 파들파들 떨어야만 했다.

자신들 또한 저 꼴을 벗어나지 못한다는 것을 알고 있었기 때문이다.

그리고 절대 오지 말았으면 하는 순간이 다가왔다.

윤호에게서 몸을 돌린 정훈의 시선이 두 사람에게 닿은 것이다.

"제발, 오빠, 그냥 죽여 줘."

"정훈아, 부탁한다. 우리는 그냥 저 녀석이 시키는 대로 했을 뿐이야."

"내가 법정에서 말했지. 제발 도와 달라고. 한 번만 사실대로 말해 달라고. 그런데 너희들은 어떻게 했지?"

침묵했다. 아니, 오히려 범인이 맞다며 거짓 증언까지 했다.

"내가 손을 내밀어 달라고 했을 때 너희는 매몰차게 거부했지. 나도 마찬가지야."

정훈이 일으킨 불꽃이 두 사람에게 옮겨 붙었다.

"끄으, 끄으으으으윽!"

"꺄아아아악!"

세 명이 동시에 내뱉는 비명 소리.

끔찍하기 그지없는 괴성이었으나 지금 정훈의 귀엔 그 어떤 합중주보다 아름답게 들릴 뿐이었다.

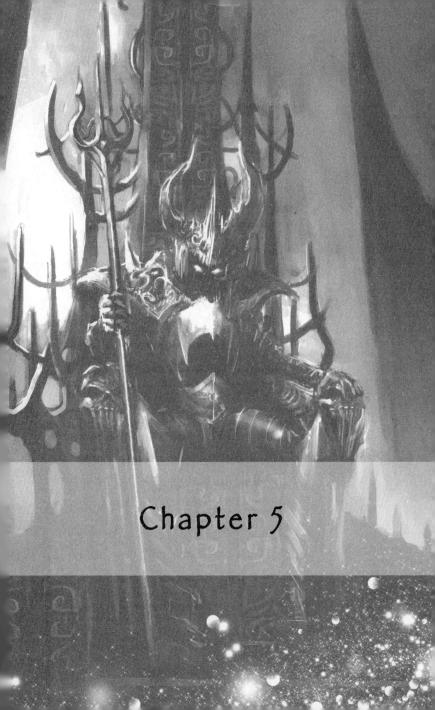

Chapter 5

오랜 우정의 배신으로도 모자라 부모님의 죽음에 얽힌 비화마저 알게 된 정훈에게 자비심을 바라는 건 불가능한 일이었다.

불태우고, 소생시키고, 다시 불태운다.

그것은 흡사 불교에서 말하는 죄인들의 지옥, 그중에서도 대초열지옥大焦熱地獄을 연상케 했다.

그것은 인간이 감내할 만한 고통이 아니었다.

수천 번 반복되는 고통 속에 급기야 자아가 붕괴되기까지 이르렀다.

"헤, 헤헤헤."

"아프다. 뜨겁다, 히히."

"아파, 아파, 아파파파!"

백치가 되어 버린 세 사람이 할 수 있는 일이란 그저 아프다고 비명을 질러 대는 것뿐이었다.

마침내 손을 쓰길 멈췄다.

자아를 잃은 그들에게 고통을 주는 게 무의미한 일임을 깨달았기 때문이다.

스팟!

바람의 기운을 실은 용광검이 전신을 난도질했다.

그 횟수는 셀 수가 없을 정도였다.

결국 육신의 흔적조차 남기지 못한 세 사람은 이 세계에서 소멸되었다.

마치 처음부터 존재하지 않았던 것처럼 아무런 흔적을 찾을 수 없는 자리.

그곳을 응시하는 정훈의 눈엔 여전히 분노의 잔재가 남아 있었다.

마음 같아서는 그 혼이라도 붙잡아 두고 싶었다.

하지만 사후死後의 영역은 그의 것이 아니었다.

아무리 입신의 경지에 이르렀다지만 신이 아닌 이상에야 그 영역을 건드릴 순 없는 것.

오랫동안 그를 옭아매고 있었던 복수는 이것으로 끝날 수밖에 없었다.

마침내 복수가 이루어진 다음 순간 걷잡을 수 없는 허무함의 파도가 밀려 들어왔다.

사실상 평생의 숙원을 달성한 것이나 다름없다.

하지만 기쁘다, 통쾌하다는 감정보단 가슴 속이 뻥 뚫린 것만 같은 허전함만이 가득했다.

강해져야 한다. 죽여라. 그리고 살아남아라.

정훈의 이마에서부터 찬연한 빛을 발하기 시작한 문장.

그것은 처음 이계에 소환된 날 나타난 적이 있었던 오르비스의 안배였다.

허무함으로 비워져 있었던 정신을 무장시키기 위해 오랜 침묵을 깨고 나타난 것이다.

–이것 봐라.

오르비스와는 다른 이질적인 음성.

그것은 보너스 시나리오에 오기 전 대화를 나눴던 알람의 것과 동일했다.

하지만 무의식 속에 가라앉아 있었던 정훈은 그 변화를 눈치채지 못했다.

–버그라니! 내가 이렇게 두 눈을 시퍼렇게 뜨고 있는데 말이야. 너 이 자식. 잘못 걸렸어.

그녀의 존재 의의는 그분의 의지 이외의 모든 것을 배제하는 것.

화악!

육신에 뚫려 있는 모든 구멍에서부터 순백의 빛이 새어 나왔다.

그 빛의 세기가 강해질수록 이마에 각인되어 있던 문장이 옅어졌고, 종내에는 흔적을 찾아볼 수 없게 되었다.

흐리멍덩했던 눈빛이 정상을 되찾아 갔다.

—예에, 작업 완료!

장난기 가득한 그 의지를 끝으로 정훈을 옭아매고 있었던 낙인이 사라졌다.

하지만 그 누구도 모르는 사실 하나.

무의식 속에서 정신을 장악하고 있었던 낙인은 마지막 안배를 발동시키기 위한 기폭장치라는 것이었다.

—나는 지구를 창조한 신, 오르비스.

마음속에서 피어오르는 의지는 정훈의 것이 아니었다.

하지만 마치 그가 마음속으로 되뇌는 것처럼 전혀 이질적인 느낌이 없었다.

그간 정훈의 의식 속 씨앗 형태로 숨어 있던 것이 마침내 싹을 틔워 하나가 된 것이다.

사실 이 모든 과정은 오르비스가 의도한 바였다.

그는 언젠가 자신의 낙인이 제거될 것을 알고 있었다.

당연한 일이다.

아무리 신이라곤 하나 창조주의 위대한 계획에 끼어드는

건 쉽지 않은 일이기 때문이다.

감시의 눈을 피해 아이템을 전해 줄 수 있었던 것도 목숨을 담보로 한 권능이었기 때문에 가능한 일이었다.

낙인이 발견되는 건 시간문제였다.

특히 지금은 입문자들의 수가 급감해 감시의 눈길이 더욱 강화된 상태였으니 발각되는 건 너무도 당연한 일이었다.

의도한 대로 낙인은 지워졌고, 지금 마지막 안배가 발동하고 있었다. 이미 정훈과 하나가 되어 그 누구에게도 발각당하지 않는 형태로 말이다.

–그대에게 내 마지막 의지를 전한다.

그 메시지는 지금껏 누구도 몰랐던 것, 위대한 계획에 관한 사실을 알려 주고 있었다.

–태초에 존재하는 의지가 있었다. 처음에는 미약하였으나 이 의지는 점차 성장해 마침내 하나의 존재로 거듭날 수 있었다. 그것이 바로 창조주 플라스마. 그는 자신의 의지를 나누어 전 우주에 보냈다. 의지에 실려 있는 절대적인 명령은 새로운 세계를 창조하는 것. 그 명령에 따라 나뉜 의지, 즉 신들은 각자가 원하는 이상적인 세계를 창조하였다. 하지만 생각한 것과 달리 그들이 창조한 세계는 불안정하기만 했다. 실패작은 소거하는 것이 마땅하나 창조주는 그러지 않았다. 다른 계획이 있었기 때문이다. 각 세계의 피조물들을 한데 모아 시험하는 것. 바로 위대한 계획이라 불리는 무대였다. 번잡스럽기 그지없는 과정을 통해 얻고자 한 건 단 하나의 피조물이었다. 창조주는 이미 신들의 실패를 예견하고 있

었다. 하지만 실패 없이는 성공도 없는 법. 그는 신들의 실패 속에서 성공을 얻고자 했다. 이상적인 신세계는 이미 창조한 뒤였다. 필요한 건 이 세계에서 살아갈 완성품, 위대한 계획을 통해 선발된 단 하나의 피조물이었다.

이계로의 소환은 단순한 신의 장난이 아니었다.

태초부터 시작된 창조주의 계획.

신세계의 유일한 주민을 선별하는 시험무대였던 것이다.

─이러한 창조주의 계획은 얼마 지나지 않아 모든 신들에게 공표되었다. 아버지, 유일무이한 존재의 인정을 받을 수 있는 마지막 기회. 당연히 신들은 그 인정을 받는 유일한 아들이 되기 위해 많은 노력을 기울였다. 자신이 창조한 피조물이 신세계의 유일한 주민으로 만들기 위해. 유일하게 나만이 그 계획을 반대했다. 피조물? 아니, 하나하나가 나의 소중한 자식들이다. 그들에게 고통을 줘야만 하는, 단 하나만 살아남아야 하는 가혹한 시련을 용납할 수 없었다. 하지만 불행하게도 내겐 창조주, 아버지의 계획을 막을 어떠한 힘도 없었다. 나약하기에 위대한 계획이 실행되는 건 막을 수 없다. 그렇기에 다른 방법을 고안해야만 했다. 내가 할 수 있는 일이 무엇인가. 그 방법을 찾는 건 어렵지 않은 일이었다. 다른 신들에 비해 부족한 권능을 타고났지만, 내겐 그 누구보다 굳건한 의지가 있었다. 이를 활용한 방법을 찾기 시작했고, 곧 무모하지만 유일한 방법을 찾아낼 수 있었다. 아버지의 정원에 침입하여 계획을 훔쳐보는 것. 어떻게 계획이 실행될지 알 수 있다면 그것을 방해하거나 혹은 뒤트는 정도는 가능할 것이라 여겼다. 영겁이 흐르는 시간 동안 내 의지의

힘을 다지며 창조의 언어를 이해하기 위해 노력했다. 마침내 어느 정도의 성과를 얻은 난 그간 갈고닦은 의지의 힘으로 정원에 침입할 수 있었다. 그렇게 기록의 비석에 새겨진 위대한 계획을 훔쳐본 나는 환호할 수밖에 없었다. 위대한 계획을 무효로 돌릴 방법을 발견해 냈기 때문이다. 왜 모든 것을 무효로 돌릴 방법을 남겨 둔 것인지 의문이 일긴 했으나 하찮은 내가 어찌 아버지의 큰 뜻을 헤아릴 수 있을까? 그저 방법이 있음에 감사할 수밖에.

그것은 오르비스도 예상치 못한 성과였다.

놀랍게도 이 모든 계획을 무효로 돌릴, 마치 지금까지 일어난 일을 하나의 꿈처럼 만들 방법이 있었던 것이다.

–비밀의 열쇠지기. 그들이 지니고 있는 파편을 빼앗아 해방의 열쇠를 완성해야만 한다.

위대한 계획을 백지화로 돌리기 위해선 해방의 열쇠라는 특수한 아이템이 필요했다.

현재 해방의 열쇠는 3개 파편으로 나뉘어져 있었는데 이를 지닌 존재가 7, 8, 9막 속에 하나씩 숨어 있는 비밀의 열쇠지기들이었다.

–그들의 존재를 나타내기 위해선 까다로운 절차를 거쳐야만 한다. 위험한, 때론 잔혹한 방법이 될 수도 있으나 망설여선 안 된다.

일반적인 방법으론 흔적조차 찾을 수 없는, 특정한 조건을 갖춰야 만날 수 있는 존재.

오르비스의 의지는 그들을 소환할 세 가지 방법을 알려 주었다.

그런데 그 방법이란 게 하나같이 상식을 초월하는 것뿐.

만약 지금 정훈이 자아를 지니고 있었다면 욕설을 내뱉었을 것이다.

ㅡ해방의 열쇠를 얻었다면 남은 건 마지막 관문. 이 모든 계획을 관리하고 있는 관리자와 대면해야 한다. 그가 누구인지 나도 모른다.

다만 아버지에게서 이 모든 계획의 전권을 위임받았다는 것뿐.

이 관리자에게 열쇠를 건네주면 마지막 시험을 받을 권한을 얻게 된다. 그 시험이 어떤 것인지는 아버지와 관리자를 제외하면 그 누구도 알수 없다. 하지만 반드시 시험을 통과 해야만 한다. 그래야만 지금까지 일어난 모든 일이 신기루처럼 사라질 테니.

위대한 계획을 백지화할 방법은 그렇게 끝이 났다.

하지만 아직 오르비스의 안배는 끝난 게 아니었다.

ㅡ이 모든 과정은 그대에게 힘든 시련이 될 것이다. 소멸을 맞이한 내가 도울 수 있는 일은 한 가지뿐이니.

그 순간 정훈의 머릿속으로 방대한 양의 정보가 입력되기 시작했다.

그것은 정훈도 경험하지 못한 7, 8, 9, 10막의 상세한 정보와 각종 아이템의 위치 및 이를 얻을 수 모든 단서가 포함되어 있었다.

ㅡ그대에게 축복이 함께하길.

마지막 정보를 전해 주는 것으로 오르비스의 의지는 소멸되었고, 이윽고 정훈의 의식과 하나가 되었다.

"후우."

한숨이 터져 나왔다.

그렇게 정훈은 자신의 자아를 찾을 수 있었다.

"신들의 장난질에 놀아나고 있었군."

난데없이 일어난 이계로의 소환, 그리고 이루어지는 생존 게임. 위대한 계획이라는 명목 하에 벌어진 이 빌어먹을 장난질에 욕지거리가 치밀어 올랐다.

하지만 이내 흥분을 가라앉혔다.

흥분한다고 해서 달라지는 건 없다.

이미 위대한 계획은 진행되고 있었고, 한낱 피조물에 불과한 그가 이를 막을 방법은 없었다.

'하지만 엿을 먹이는 건 가능하지.'

오르비스가 생각하는 것처럼 세계를 위한, 피조물들을 구하기 위한 거창한 목적은 없다.

다만, 이 모든 것을 손바닥에 놓고 조종하는 신이라는 작자에게 빅 엿을 먹이고 싶은 마음뿐이었다.

그 방법은 오르비스가 제시해 주었다.

힘들게 짜 놓은 계획에 찬물을 끼얹는 것.

위대한 계획을 백지화시킬 셈이었다.

구구구궁!

마침내 결심이 선 순간. 대지가 진동했다.

평범한 지진이 아니다.

엄청난 기운으로 발생하는 강렬한 진동.

정훈의 눈이 그 근원지로 향했다.

마치 검은 물감을 떨어뜨린 것처럼 지면에 생긴 검은 구덩이가 보였다.

휘오오.

거기서 발생한 흡입력이 주변에 쓰러져 있던 시체들을 집어삼키기 시작했고, 수만에 달하는 시체가 사라지는 건 찰나였다.

시체를 집어삼킨 구덩이는 처음과 달리 어마어마한 크기로 확장되었다.

"키키킥!"

사람의 마음을 혼란하게 하는 낮은 웃음소리와 함께 구덩이를 기어 나오는 존재들이 있었다.

기괴한 외형을 지닌 이들.

언뜻 봐도 그 사악함이 물씬 풍겨 나왔다.

이 정도의 존재감을 지닌 이를 생각하면 나올 수밖에 없는 단어, 72마신.

그것도 정훈에게 당한 두 마신을 제외한 70마신 전원이 이곳에 모습을 드러냈다.

이렇듯 갑자기 모습을 드러낸 건 위기감 때문이었다.

그의 일거수일투족을 예의주시하고 있었던 마신들은 경악

할 만한 성장에 위기의식을 느낄 수밖에 없었다.

지금도 감당하기 힘든 적이 되었는데 더 내버려 뒀다간 손조차 쓸 수 없을지 모른다.

그렇기에 기회를 노렸고, 마침내 그 순간을 포착할 수 있었다.

보너스 시나리오는 아이템 사용의 제한이 있는 무대.

입문자들에게 아이템이 얼마나 지대한 영향을 미치는지 알고 있었던 마신들은 이 기회를 노려 정훈을 찾은 것이었다.

"솔로몬의 후예여, 네게 죽음의 안식을 주려고 친히 우리가 강림하였노라!"

학익진 형태의 선두, 그곳에 서 있는 잔 거미를 닮은 사내였다.

얼굴을 뒤덮은 수백 개의 눈과 촉수처럼 온몸에 솟아나 있는 수백 쌍의 다리는 혐오스럽기 그지없었다.

그가 바로 제1의 권좌, 모든 마계의 군단을 다스리는 왕바알이었다. 다른 마신들과 달리 타고난 권능에 의존하지 않고, 검술에 매달려 왕의 권좌를 차지한 별종이기도 하다.

"마침 잘됐군."

70마신의 어마어마한 존재감을 정면으로 받아 내면서도 태연하다.

아니, 오히려 입가엔 비린한 미소가 그려져 있었다.

미치광이 신들의 계획을 전해 듣곤 기분이 더러웠던 참

이다.

그렇지 않아도 화풀이를 할 곳이 필요했는데, 때마침 녀석들이 찾아 준 것이다.

그런데 어찌 고맙지 아니하겠는가.

용광검에 마력을 불어 넣었다.

그의 강대한 마력에 반응한 검은 화의 힘을 품었고, 천지를 가르는 거대한 불꽃의 형상을 만들었다.

대응할 시간은 없었다.

그야말로 찰나에 이루어진 검격이 70의 마신이 있는 중앙을 갈랐다.

콰앙!

강력한 폭발과 함께 뱀의 혓바닥과 같은 붉은 불길이 대지 위로 타올랐다.

무릇 마족이라 함은 마계의 불꽃을 이불 삼아 살아가는 종족.

하지만 정훈의 용광검에서 뿜어져 나온 불꽃은 궤를 달리하는 위력을 품고 있었다.

"크아악!"

불꽃에 휘말린 마신들이 비명을 질렀다.

비명이라니.

이 독종들에겐 어울리지 않는 행위이자, 수치였다.

하지만 그것을 알면서도 비명을 지를 수밖에 없었다.

육신이 아닌 근원을 태우는 하늘의 불꽃 앞에선 마족도 한낱 나약한 생명체일 뿐이었다.

하지만 불꽃에 휩싸인 건 소수였다.

찰나에 이루어진 기습 공격을 회피한 마신들이 각자가 지닌 최고의 권능을 뽑아냈다.

2권좌 아가레스가 일으킨 지진이 대지를 흔든다.

5권좌 마르바스의 화기가 불을 뿜자 대기가 찢어졌다.

14권좌 나베리우스가 발휘한 온갖 술법이 공간을 수놓았다.

사방팔방에서 쇄도하는 권능은 정훈도 경시할 수 없는 위력을 지니고 있었다.

게다가 솔로몬의 반지를 의식한 것인지 순수한 마기가 아닌 최대한의 속성력을 섞었다.

휘오오.

용광검에서 뿜어져 나온 연녹색 기운이 정훈의 몸 주변을 감쌌다.

그와 함께 믿을 수 없는 광경이 펼쳐졌다.

정훈을 향한 마신들의 권능이 튕겨져 나와 그들에게 칼을 들이민 것이다.

"무, 무엇이?"

고스란히 공격을 튕겨 낼 줄은 예상도 못한 바였다.

이 어처구니없는 방어에 별다른 대응도 못한 마신들이 다수 쓰러졌다.

역풍逆風. 용광검에 깃든 풍의 권능 중 하나였다.

흐르는 바람을 몸에 둘러 자신을 향한 모든 공격을 튕겨 낸다.

물론 일정 수준 이상의 공격을 튕겨 내는 건 불가능하지만, 이곳에 있는 그 어떤 마신들보다 뛰어난 능력치를 지닌 정훈이었다.

입신에 이른 마력은 마신들의 공격을 모두 되돌려 주었다.

손쉽게 그들의 공격을 막아 낸 정훈의 용광검이 다시 한 번 날을 세웠다.

스스슥.

강렬한 바람이 장내를 휩쓸었다.

눈에 보이지 않는 바람의 칼날은 마신들의 육신을 산산조각 냈고……

쿠콰콰—.

지면에서 솟아난 대지의 검이 꼬챙이로 만들었다.

그것은 압도적인 전투였다.

명색이 마족 중에선 신神이라 불리는 강자들.

하지만 그들은 정훈의 일수마다 추풍낙엽처럼 나가 떨어졌다.

그나마 버티고 있는 건 10권좌 안의 상위 마신들이었다.

탈이나 초에 이른 다른 마신들과 달리 그들의 능력치는 화에 이르러 있었다.

입신, 그것도 태초급의 용광검을 휘두르는 정훈의 손아귀에서 살아남으려면 화의 능력 정도는 지니고 있어야만 했던 것이다.

하지만 그마저도 오래 버틸 순 없다.

으드득.

뼈가 꺾이며 육신이 변화한다.

용인화된 육신에서 뿜어져 나오는 기가 대기를 타고 모두에게 전해졌다.

찌릿찌릿.

탄생한 이례로 단 한 번도 공포라는 감정을 느낀 없는 마신들.

하지만 지금 이 순간만큼은 그 감정을 떠올리지 않을 수 없었다.

비록 힘과 순발력 한정이긴 하지만 정훈의 능력치는 신화의 경지에 이르렀던 것.

그 막강한 힘을 느낀 마신들이 경악과 공포로 물들 무렵이었다.

"안식에 들어라!"

정훈을 향해 수백 개의 칼날을 들이미는 존재, 그는 바로 바알이었다.

그의 대표적인 권능인 투명화를 이용해 지금껏 숨어 있었다. 단 한 번의, 결정적인 기회를 포착하기 위해서.

그 순간이 바로 지금이었다.

급격한 육신의 변화로 인한 빈틈, 그리고 용인화로 인한 강인함의 감소.

숨통을 끊어 놓기엔 최적의 조건이었다.

마족 유일의 검사 바알의 화려한 검술이 천지사방을 가두었다.

과연 대단한 검식이었다.

이스턴의 무사들보다 더욱 정교한 검의 감옥 앞에서 정훈이 할 수 있는 일이라곤 아무것도 없어 보였다.

놀랍다.

이를 바라보는 정훈의 감상은 생각보다 단순했다.

솔직히 이번 일격을 예상하지 못한 것이었다.

바알이 발휘한 투명화는 그의 기감에도 잡히지 않을 정도로 완벽했기 때문이다.

아마 일반적인 상태였다면 당해 버렸으리라.

불행한 건 바알이 생각한 것처럼 지금이 절호의 기회가 아니라는 점이다.

순발력이 신화의 경지에 이르렀다.

그 움직임은 모두의 예상을 뛰어넘을 정도.

선명하게 눈에 보이는 검의 궤적을 피해 몸을 움직였다.

그것은 단순한 움직임이 아닌 아름다운 춤사위와 같았다.

모든 검격이 그의 육신을 스치고 지나갔다.

단 한 번도 실패한 적이 없었던 바알의 필살 패턴은 그렇게 실패로 돌아갔다.

터팅!

바알이 쥐고 있었던 수백 개 검이 지면으로 떨어졌다.

비록 단 한 번의 공방에 불과했지만, 수준의 차이를 실감할 수 있었다.

하늘이 두 쪽이 난다 해도 승리할 수 없다.

끝없는 투쟁심을 지닌 바알도 패배를 인정하지 않을 수 없었다.

"내 패배를 인정하겠다."

바알이 순순히 패배를 인정하자 다른 마신들 또한 권능을 거둔 채 무릎을 꿇었다.

오만한 시선으로 그들을 내려다보았다.

패배를 받아들이고 죽음만을 기다리고 있는 상황이었다.

손만 쓴다면 남은 마신들을 쓸어 버릴 수 있다.

그렇게 된다면 각종 언령과 아이템을 얻을 수 있을 것이다.

평소 같았으면 당장 손을 썼을 것이다.

하지만 끝내 그는 손을 쓰지 않고, 오히려 장내를 잠식하던 강력한 기세를 거두었다.

"너희들에게 기회를 주겠다. 나를 따를래? 아니면 그냥 여기서 개죽음 당할래?"

신들. 아니 창조주라는 고고한 녀석에게 빅 엿을 선물하기 위해선 최대한 많은 조력자를 만드는 게 중요했다.

본래 정훈의 계획은 입문자들의 일부를 도려낸 후 10만 명이 추려질 때까지 추이를 지켜보는 것이었다.

하지만 급히 계획을 변경할 수밖에 없었다.

오르비스의 안배를 통해 신들의 장난, 위대한 계획을 알아 버린 탓이다.

어떻게든 그들이 생각하는 방향을 비틀고 싶다.

그저 시키는 대로 다른 입문자를 죽여 생존하는 건 어떻게든 피하고자 했다.

언제까지 꼭두각시처럼 움직일 순 없는 노릇 아닌가.

게다가 방법이 없으면 모를까 오르비스가 알려 준 정보엔 그 방법이 상세히 나와 있었다.

유일한 방법을 실행하기 위해 그가 찾은 곳은 교환소였다.

사실 아벨의 피를 얻는 것을 끝으로 다시는 찾지 않을 거라 생각했던 곳이다.

우연에 우연이 겹쳐 다시 찾은 그곳에서 정훈은 어처구니없는 상황과 대면할 수 있었다.

한창 치고받고 싸워야 할 입문자들이 사이좋게 줄을 서 있다. 마치 무언가 협약이라도 맺은 듯 평온했다.

의문을 담은 시선이 길게 이어진 줄의 끝, 교환소로 들어가는 유일한 입구를 막은 사내에게 향했다.

'나?'

어처구니없게도 그 사내는 바로 정훈이었다.

아니, 그로 변장하고 있는 '가짜'다.

하지만 가짜라고 생각할 수 없을 정도로 외모와 체형은 물론 심지어 착용하고 있는 장비마저도 똑같았다.

비슷한 정도가 아니다. 그냥 모든 게 똑같았다.

정훈 본인도 인정할 수밖에 없는 변신.

사실은 내가 가짜가 아닐까, 의문이 생길 정도로 완벽했다.

곧장 떠오르는 감정은 의문이었다.

도대체 무엇 때문에? 그 의문은 금방 풀렸다.

입구 앞에 꽂혀 있는 나무 팻말이 모든 것을 말해 주고 있었다.

교환소로 입장하고 싶다면 입장료, 죽음의 증표 100개를 바쳐라. 이를 거부한다면 죽음만이 있을 것이다.

3천 명의 입문자들을 학살한 이후 정훈의 악명은 사방 곳곳으로 퍼져 나가 모든 입문자들에게 닿은 상태였다.

사실 당연한 수순이다.

그래도 이곳에서 엄선된 실력자들을 모조리 쓸어 버린 것이니 말이다.

입문자들 사이에서 그는 건드려선 안 되는 괴물로 인식되어 버린 상황.

그런 그가 갑자기 자릴 비웠다.

그의 악명을 이용하고자 하는 이가 나타나지 않는 게 이상한 일이었고, 당연하듯이 가짜가 등장했다.

그런데 변신의 수준이 너무도 정교하다.

평소라면 그냥 넘어갔을 것이다. 아니, 오히려 그 잔머릴 칭찬했을지 모른다.

그런데 지금은 상황이 많이 달라졌다.

'기생충은 도려내야지.'

이제 그의 계획엔 타인의 고혈을 빨아먹는 기생충이 자리할 곳은 없다.

살아남는 기준은 실력.

오직 실력 있는 자만이 함께할 수 있다.

"길을 열어."

나직이 뱉은 한마디에 그 순간 홍해가 갈라지듯 줄을 선 입문자들이 양측으로 갈라졌다.

길을 터 준 본인들도 의아할 수밖에 없는 상황이었다.

이유를 알 수 없다.

마치 본인의 육신이 아닌 것처럼 그냥 움직였을 뿐.

하지만 그 이유를 깨닫는 건 그리 오랜 시간이 필요하지 않았다.

"흐어!"

"딸꾹!"

가까이 가는 것만으로도 숨 막히는 기운을 줄기줄기 뿜어
대는 사내가 걸어가고 있었다.

놀라운 사실은 현재 입구를 막고 있는 교환소의 악마와 똑
같은 모습이라는 것.

우리가 속았구나.

그제야 입문자들을 깨달을 수 있었다.

교환소의 악마라 생각했던 자, 공포로 몸을 떨고 있는 그
자는 단지 외형만 똑같은 사기꾼이란 사실을 말이다.

"저, 저기 이, 이건⋯⋯."

정훈의 모습으로 변신한 이, 리발도가 말을 더듬었다.

종족 특유의 변신 능력과 '복제'라는 스킬을 통해 완벽한
변신술을 손에 넣은 그는 강자의 모습으로 변해가며 손쉽게
생존 및 이득을 취해 왔었다.

지금도 마찬가지였다. 교환소의 악마가 자리를 비운 사이
그의 행세를 하며 단단히 한몫하려 했다.

하지만 욕심이 너무 지나쳤던 걸까.

발을 빼기도 전에 발각당하고 말았다.

"한 번, 한 번만 용서해⋯⋯."

설마 이렇게 빨리 나타날 거라 생각하지 못했던 그는 식은
땀을 흘려 가며 용서를 빌려고 했으나 계속 말을 잇지 못했다.

투투툭.

수백 개로 조각난 그의 육신이 바닥에 떨어졌다.

'언제……?'

분명 손을 썼으나 그 누구도 궤적을, 아니, 언제 손을 썼는지조차 파악하지 못했다.

그야말로 절정에 달한 극쾌의 움직임이었다.

리발도의 죽음과 함께 입문자들은 엄습하는 불안감에 몸을 떨어야만 했다.

눈앞에 있는 건 진짜 교환소의 악마다.

수천쯤은 우습게 학살하는 괴물이 손을 쓴다면 이곳의 모두가 살아남지 못한다는 것을 직감한 것이다.

"손은 쓰지 않을 테니 안심해."

그것은 신의 계획에 대한 반발이다.

될 수 있는 한 많은 입문자를 살리고자 하는 목표가 있었기에 웬만하면 손을 쓸 생각은 없었다.

하지만 그의 말에도 누구 하나 움직이지 못했다.

심지어 숨조차 크게 내쉬지 못했다.

언제 마음이 바뀌어 손을 쓸지 알 수 없었기 때문이다.

그들의 불안을 읽은 정훈이 교환소 안으로 들어가지 않았다면 평생 동안 그렇게 움직이지 못했을 것이다.

교환소 안으로 들어선 정훈이 찾은 곳은 이전과 마찬가지로 기타 재료의 방이었다.

"어이쿠, 어서⋯⋯. 히, 히익!"

모처럼의 손님을 반기던 그렘린은 숨 넘어 가는 비명을 냈다.

악마 같은, 아니, 악마보다 더한 정훈을 마주했기 때문이다.

무적이라 생각했던 차원 전이마저 통하지 않는 괴물.

그의 등장이 달가울 턱이 없었다.

"이, 이번에는 또 무슨 일이신지?"

괜히 또 미움을 살까 싶어 최대한 조심스레 방문 의도를 물었다.

"교환소에 무슨 볼일이 있겠어? 당연히 교환하러 왔지."

"그, 그렇군요. 원하시는 물건이 뭡니까? 말씀만 하시면 당장 내놓겠습니다요."

그렘린이 최대한 비굴한 표정으로 두 손을 비볐다.

"시나리오 동의서."

"아, 그렇군요. 시나리오⋯⋯. 네, 네? 지금 뭐, 뭐라고 하셨는지⋯⋯."

그 무엇이라도 곧장 꺼낼 듯 자신감을 보이던 그렘린이 되물었다.

그 음성과 행동엔 당황을 넘어 경악스러운 감정이 묻어 나오고 있었다.

"시나리오 동의서. 경고하는데 이 이상 말하게 하지 않는 게 좋을 거야."

곤란함 때문인지 그렘린이 눈동자를 데굴데굴 굴리기 시작했다.

시나리오 동의서. 그것은 한낱 입문자가 내뱉을 만한 것이 아니었다.

'이놈은 대체 뭐하는 놈인데 시나리오 동의서를 알고 있는 거야?'

속으로 절규했다.

시나리오 동의서는 그가 지니고 있는 품목이나 절대로 팔아선 안 되는 것이기도 했다.

시나리오 동의서는 보너스 시나리오의 모든 것을 관장하는 '관리자'를 소환하는 데 쓰이는 유일무이한 아이템.

그렘린이 두려워하는 건 그것을 판매할 경우 들이닥칠 관리자의 분노였다.

관리자가 누구인가.

각 시나리오를 관장하는, 말 그대로 관리자들로 그 권한만큼이나 절대적인 힘을 지닌 존재가 아닌가.

시나리오 동의서를 넘기는 순간 이 사실은 관리자의 귀에 들어갈 테고 그는 소멸을 면치 못할 터였다.

"쓸데없이 머리 굴리지 마. 네 녀석이 그것을 지니고 있는 것도, 그리고 무슨 사정이 있는지도 다 알고 있으니까."

괜히 시간 낭비하기 싫었던 정훈은 단단히 못을 박았다.

"관리자 녀석의 보복을 두려워할 필욘 없어. 어차피 녀석은 내 손에 사라질 테니까."

그렘린의 걱정은 정훈이 관리자를 처치하게 되면 해결되는 부분이기도 했다.

'미친놈. 관리자가 누군 줄 알고.'

목구멍까지 치밀어 오른 말을 삼켰다.

비록 눈앞에 있는 정훈 또한 괴물이라곤 하나 괴물에도 급이 있는 법.

관리자는 절대자다.

최면처럼 각인된 한 가지 사실에 감히 딴생각을 품을 수 없었다.

'쯧. 역시 먹히진 않는군.'

낌새를 읽은 정훈이 혀를 찼다.

하지만 실망하진 않았다.

그리 간단히 넘겨주지 않을 것을 알고 있었기 때문이다.

"잘 생각해 봐. 동의서를 넘겨주지 않으면 난 널 죽일 거야. 어차피 죽는 거라면 조금 더 오래 사는 게 좋지 않겠어?"

결국, 설득의 방향을 달리했다.

이래나 저래나 죽을 거라면 그나마 살 수 있는 방법에 희망을 걸어 보는 게 좋지 아니한가.

그 말이 결정적이었다.

"여기 있습니다요!"

고뇌는 순간이었다.

그렘린이 돌돌 말린 양피지를 내밀었다.

언뜻 보기엔 그저 평범한 양피지로밖에 보이지 않는다. 하지만 머릿속에 입력된 오르비스의 정보로 그것이 진품이라는 것을 알 수 있었다.

"지금 이 선택을 후회하지 않게 해 주마."

당연히 그래야지. 하지만 그 말을 내뱉지 못한 그렘린은 복잡한 심사를 대변하듯 썩은 미소를 보일 뿐이었다.

"그리고 이건 대가."

정훈의 손에서 날아간 주머니가 그렘린의 손에 안착했다.

상당히 묵직하다.

끈을 풀어 안을 확인하자 수북한 죽음의 증표를 확인할 수 있었다.

고작 증표 1개의 가치를 지닌 시나리오 동의서의 대가 치고는 많다. 어차피 필요한 것 몇 가지 이외엔 증표를 쓸 일이 없었던 정훈이 두둑한 보수를 챙겨 준 것이었다.

횡재도 이런 횡재가 없다. 그런데도 그렘린의 표정은 그리 밝지 않다.

생사가 왔다 갔다 하는 판국에 그깟 증표가 무슨 기쁨을 줄 수 있겠는가.

다만 기도할 뿐이었다. 제발 저 괴물 같은 녀석이 관리자를 처치하길.

무려 죽음의 증표 1만 개의 가치를 지닌 황금 올빼미가 창공을 가로질렀다.

　비정상적인 속도를 자랑하는 올빼민 보너스 시나리오에 있는 모든 입문자들을 방문해 편지를 전해 주었다.

　　모든 입문자들은 단 한 명도 빠짐없이 광화문 광장으로 모일 것. 기한은 오늘, 해가 지기 전까지. 만약 시간 내 광장에 모이지 않는 녀석이 있다면 죽고 싶은 것으로 간주하고, 추격에 들어갈 테니 명심하도록.

　　추가로 광장에 모인 순간부터 모든 무력 충돌을 금한다. 이 또한 어기는 녀석이 있을 시 반드시 목숨을 취할 테니 괜한 일로 목숨을 잃지 않도록 조심할 것. 이상.

　　교환소의 악마로부터.

　광장의 상세한 위치가 나와 있는 편지.

　이 편지는 도전적이다 못해 오만한 내용을 담고 있었다.

　하지만 편지를 받은 입문자들 중 그 누구도 오만하다 생각하지 못했다.

　교환소의 악마라는 단어가 지닌 힘은 오만함을 자신감으로 보이게 할 정도로 대단한 것이다.

그 악명에 기가 눌린 입문자들은 편지에 그려져 있는 지도를 따라 광장으로 모여들기 시작했다.

⁕

이순신 장군의 동상이 오롯이 서 있는 광화문 광장.

그곳은 지금 수많은 입문자들로 북적이고 있었다.

그 원인은 한 입문자들에게 전해진 한 장의 편지로 인해서였다.

누구도 아닌 악명을 떨치고 있는 교환소의 악마가 발신인.

그 명을 어길 만큼 간이 큰 이는 많지 않았다.

"이번엔 또 무슨 일을 벌이려는지."

긴장한 다른 이들과 달리 담담한 신색을 유지하고 있는 사내, 그는 바로 준형이었다.

일련의 상황을 전해 들으며 교환소의 악마가 정훈이라는 사실을 파악한 뒤였다.

그렇기에 두려움은 없었다.

다만 궁금할 뿐이었다.

늘 상식을 파괴하는 정훈이 또 무슨 일을 벌이려고 하는지 말이다.

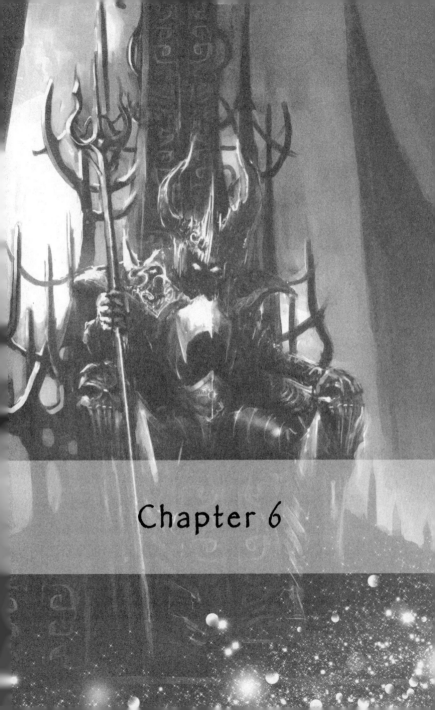

Chapter 6

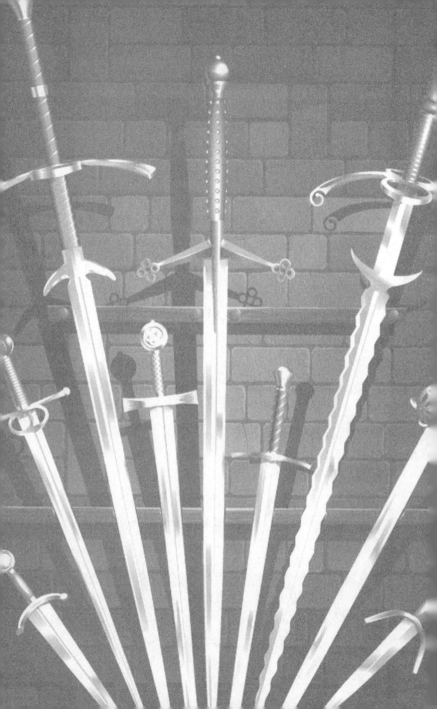

"씨발, 지 새끼가 뭔데 오라 가라야."

문득 들려오는 음성에 준형의 고개가 돌아갔다.

굉장히 흥분한 듯 씩씩대는 일부 무리가 있었다.

그것은 무척 자연스러운 현상이다.

교환소의 악마라는 이름에 짓눌린 그들이 할 수 있는 일이
란 게 조용히 찌그러져 있거나 혹은 속의 두려움을 감추기
위해 반발하는 것이 다였기 때문이다.

현재 준형의 앞에서 씩씩대는 이들은 어떻게든 자존심을
세워 보려고, 혹은 공포라는 감정을 억누르기 위해 반발심을
보이는 대표적인 예라 할 수 있었다.

"형님, 이참에 영웅이 되어 보는 겁니다."

"아암, 당연하지! 아주 나오기만 해 봐. 작살을 내 버릴 테니까."

"역시 형님! 형님만 믿겠습니다."

끼리끼리 모여 떠들어 댄다.

애초에 이 자리에 온 것 자체가 정훈이 두려워서일 텐데 나타나기만 하면 당장 잡아 죽일 기세였다.

허세, 그것도 어처구니없을 정도의 허세였다.

"그러지 않는 게 좋을 텐데."

굳이 오지랖을 부릴 생각은 아니었으나 무의식적으로 튀어나와 버렸다.

뒤늦게 실수를 깨달았지만, 이미 물은 엎질러진 뒤였다.

"뭐, 이 새끼야?"

불안감에 신경이 곤두선 상태.

그렇지 않아도 화풀이 대상이 필요한 참이었는데 준형이 걸려든 것이었다.

"아, 괜히 끼어들었다면 죄송합니다. 하지만 그분에 대해서 험담은 자제해 주시는 게 좋을 것 같아서 말입니다."

단순히 정훈과의 친분을 과시하고자 함이 아니었다.

낮말은 정훈이 듣고, 밤말도 정훈이 듣는다.

언제 어디서 튀어나올지 알 수 없는 그의 행적을 생각해 보면 결코, 과장된 말이 아니다.

지금도 여기 어디선가 대화를 듣고 있을 줄 모른다.

괜한 반발심에 목숨을 잃게 된다면 이 얼마나 억울하겠는가.

헛되이 목숨을 잃는 것을 볼 수 없었기에 진심을 담아 충고했다.

"네가 뭔데? 뭔데 이래라 저래라야?"

하지만 불안과 공포심에 잡아먹힌 입문자들에겐 괜한 참견일 뿐이었다.

무력 충돌을 금한다.

편지에 적힌 경고도 잊을 정도로 흥분한 그들이 당장에라도 달려들 것처럼 사나운 기세를 뿜어 댔다.

'이거 곤란한데.'

다른 건 몰라도 정훈은 한 번 내뱉은 말은 반드시 지키는 사람이다.

저들과 괜히 시비 붙었다간 친분이 있는 그라도 목숨을 장담하기 어려운 게 사실이다.

어떻게든 이 상황을 모면해 보고자 다시금 입을 떼려고 할 때였다.

"내 계약자다, 이 새끼야!"

내용과는 달리 지극히 담담한 어투.

"씨발, 또 어떤 놈이…… 허, 허으업!"

음성의 근원지로 고개를 돌리던 사내는 경악할 수밖에 없었다.

교환소의 악마에 관한 인상착의는 이미 모든 입문자들이 숙지하고 있는 상황이었다.

그런데 소문으로만 무성한 인상착의를 지닌 존재가 바로 눈앞에 있었다.

"자, 소원대로 나왔다. 이제 작살을 내 줘야지?"

방금 전에야 이곳에 도착했지만, 그 놀라운 청각은 자신의 험담을 놓치지 않았다.

물론 그냥 넘어갈 수도 있겠으나 많은 이들이 듣는 곳에서 뱉은 말엔 무게가 있는 법.

그 책임을 져야만 했다.

"그, 그게……."

당연히 그럴 마음은 없다.

그저 불안감을, 억눌린 공포를 이겨 내기 위한 허세에 지나지 않았던 것이다.

털썩.

"잘못했습니다. 한 번만 용서해 주십시오."

곧장 태세를 전환해 사과했다.

고작 험담 몇 마디가 전부다.

용서를 빈다면 죽이진 않겠지, 그런 마음도 짙게 깔려 있었다.

"응. 싫어."

하지만 정훈은 단호했다.

언제 출수했는지도 알 수 없을 정도로 쾌속한 궤적을 그린 용광검이 사내와 험담에 동조한 입문자들 수십의 허리를 양단했다.

"어, 언제?"

"보이지도 않았어."

"소문이 오히려 축소된 거였다니……."

그 광경을 본 입문자들을 넋을 잃을 수밖에 없었다.

언제나 소문은 과장되기 마련.

그래서 교환소의 악마 또한 실력이 부풀려졌을 거라 생각했다.

하지만 직접 본 그 실력에 흠집을 찾아내기란 힘든 일이었다.

장내에 있는 그 누구도 그가 어떻게 움직였는지 확인하지 못했다.

그뿐인가. 허리가 양단된 수십의 시신 중 그 누구도 피 한 방울 흘리지 않고 있었다.

전설에서나 볼 법한 경지에 경외감이 절로 치솟았다.

"준형."

"네."

"네가 해야 할 일이 있다."

"말씀만 하십시오."

돌돌 말린 양피지를 건넸다.

"이게 뭡니까?"

"시나리오 동의서."

한 번도 들어 본 적 없는 물품이었다.

의아함에 재차 물으려고 했으나 정훈의 말이 더 빨랐다.

"읽어 봐."

의문을 잠시 묻어 둔 채 양피지를 펼치자 하얀 여백 안을
채운 까만 글씨가 눈에 들어왔다.

　시나리오 동의서

　본 입문자는 이번 시나리오에 대한 모든 권리를 포기한다.
이로 인해 발생하는 그 어떤 불상사에 대해서도 감내할 것을
엄숙히 맹세하는 바이다.

시나리오의 모든 권리를 포기하겠다니.

한 번도 생각해 본 적 없는 문구였다.

"밑에 여백 보이지? 그곳에 사인해."

일단 시키는 대로 순순히 사인했다.

선 조치 후 물음.

정훈이란 사내를 겪으며 생긴 행동 양상이었다.

"이제 뭘 해야 합니까?"

"간단해. 네가 했던 것처럼 이곳에 모인 모든 입문자들에
게 사인을 받아."

그래서 입문자들을 모은 것이었나.

갑작스레 입문자를 소집한 이유는 밝혀졌지만 아직 풀어야 할 궁금증은 태산처럼 쌓여 있었다.

"이유를 물어도 되겠습니까."

태연하기 그지없다. 가르쳐 줄 만하면 가르쳐 줄 것이고, 그렇지 않다면 대답하지 않을 것이기에.

"빌어먹을 계획에 한 방 먹여 주고 싶어서."

숨은 뜻을 알 수 없는 말이었다.

아직 준형이나 입문자들이 진실을 받아들이기엔 너무 이르다는 판단 때문이었다.

물론 준형이 이유를 되묻는 일은 없었다.

"사인만 받으면 되는 겁니까?"

"그래. 그리고 한 가지 덧붙이면 사인한 모든 녀석들을 휘하에 넣어."

뒷말은 일부러 들리게끔 음파를 조절했다.

때문에 장내에 있는 모든 입문자들이 그 말을 들을 수 있었다.

"전원을 말입니까?"

"물론."

"하지만 그건 좀 힘들 것 같습니다."

"어째서?"

"제 능력 밖의 일입니다."

준형은 자신의 주제를 잘 알고 있었다.

지구인 중에서는 탑급이라 할 만하다.

하지만 다른 차원과 비교하는 순간 중상급 정도로 떨어진다.

지금 이곳에도 그의 수준을 훨씬 능가하는 강자들이 많다.

실력이 전부인 세계에서 강자가 약자 밑으로 들어가는 건 어불성설일 수밖에 없었다.

"네 밑이 아냐."

단호하게 고갤 젓는다.

"너를 포함한 모두가 나의 밑으로 들어오는 거다."

지금껏 그는 세력에 관해선 정훈에게 일임해 왔었다.

처음에 말했던 것처럼 세력에 신경을 쓸 여유가 없었던 탓이다.

그러나 상황은 급변했다.

이제는 시나리오에 순응하며 최후의 생존자가 되는 게 아닌, 시나리오 자체를 깨부숴야만 했다.

그러기 위해선 그뿐만 아니라 다른 입문자들의 도움이 필요한 게 사실.

해서 입문자 단일 세력을 창설하기 위한 사전 작업을 진행 중이었다.

지금 이곳에 모인 입문자들이 그 시발점이 될 터였다.

"본격적으로 움직이시는군요."

이제는 2인자로 밀려나야 할 입장이 되었지만, 준형의 얼굴엔 웃음꽃이 가득했다.

권력에 대한 미련이나 욕심은 없다.

애초에 맞지 않는 옷이었다.

정훈이 세력을 이끌게 된다면 더욱 많은 이들을 살릴 수 있을 것이다.

그것만으로도 충분히 만족할 수 있었다.

"그렇긴 하겠지만, 실질적으로 세력을 운영하는 건 너다, 준형."

정훈이 하고자 하는 길은 압도적인 힘으로 내리 누르는 철권통치였다.

이 방법은 빠르게 세력을 규합할 수 있을지언정, 내실을 다질 수 없다는 폭탄을 안아야만 하는 단점이 있었다.

여기서 중요한 게 준형의 역할이었다.

타고난 지도력, 거기에 인성까지 갖춘 그가 내실을 다진다면 훌륭한 성과를 낼 수 있을 것이다.

'물론 그 전에 갖춰야 할 게 있지.'

준형의 유일한 단점이라 할 수 있는 무력.

아무리 타고난 리더의 자질을 갖추고 있다 해도 실력이 뒷받침되지 않는다면 말짱 도루묵이다.

"받아."

그 단점을 알고 있었던 정훈이 준비한 것.

그것은 조금 전까지 본인이 착용하고 있었던 무구 세트였다.

무려 태고급에 이르는 용린갑, 천사옥대, 수정장갑, 허공을 비롯 파프니르를 처치해 얻은 그람 또한 포함되어 있었다.

"이, 이건?"

놀란 준형이 말을 더듬거렸다.

지금껏 많은 무구를 보상으로 받아 왔지만, 이렇듯 찬란한 광채를 뿌리는 건 본 적도 없었다.

하나같이 불멸급 이상이나 말로만 전해 들었던 태고급 무구가 분명했다.

준형도 인간인지라 탐욕의 빛이 일순간 일렁였다.

하지만 그 빛은 순식간에 사라졌다.

감춘 게 아닌 이성에 의해 철저히 배제된 것이다.

"주저할 필욘 없어. 그냥 주는 게 아니라 앞으로 있을 일에 대한 보상이니까."

정훈의 역할은 입문자들을 굴복시키는 것뿐, 그들을 하나로 화합시키는 건 준형의 역할이었다.

만약 그것이 아니었다면, 태고급이나 되는 무구를 건네줄 이윤 없었다.

'비록 쓸모없는 것일지언정.'

지금껏 유용하게 쓰던 무구를 건네준 건 더는 쓸모가 없기 때문이다.

어느새 정훈의 무구가 바뀌어 있었다.

요사한 광택을 뽐내는 검은색 풀 플레이트 아머.

일그러진 악마의 얼굴이 형상화한 어깨 부분과 중앙의 황금색 오망성이 돋보인다.

마신들을 굴복시켜 얻은 솔로몬의 무구.

그것도 8개의 모든 세트를 모아 어마어마한 능력을 발휘할 수 있게 되었다.

같은 태고급이라 해도 세트로 이루어진 솔로몬의 무구와는 견줄 수가 없었다.

"그럼 감사히 받겠습니다."

건네준 무구를 받아 보관함에 넣었다.

당장은 사용할 수 없다.

드롭 형태가 아닌 다른 입문자가 건네준 무구는 금제가 걸린 보너스 시나리오에선 사용할 수 없었던 탓이다.

"자, 그럼 볼일 끝났지? 난 할 일이 있어서 자리를 비울 테니까 그동안 사인 작업을 마무리하도록 해."

"최대한 빨리 끝내겠습니다."

들뜬 준형의 답에 고갤 끄덕였다.

"모두 주목해 주십시오!"

준형이 본격적으로 동의서에 사인을 받기를 시작하는 동안 정훈은 보관함에서 양피지 하나를 꺼냈다.

곧게 펴져 있는 양피지엔 돋보기가 그려져 있었다.

찌익.

곧장 그것을 찢었다.

터져 나오는 섬광과 함께 머릿속에 그려진 가상의 지도에 붉은 점이 반짝였다.

'꽤 많군.'

추적자의 양피지.

소비용품의 방에서 무려 1만 개의 증표를 주고 교환한 아이템으로, 특정한 범위를 설정하면 입문자의 위치를 보여 준다.

현재 머릿속에서 점멸하는 붉은 점이 바로 그 입문자들의 위치였다.

생각했던 것보다 많은 수다.

교환소의 악마를 모르든지, 아니면 그 이름의 무게에 짓눌리지 않은 자들.

하지만 어떤 이유에서건 하등 상관할 이유가 없었다.

'말을 듣지 않는 놈은 패야지.'

정훈이 몸을 날렸다.

그것은 경고에도 불구하고 나타나지 않은 이들을 처벌하기 위한 행보의 시작이었다.

광장에 모이지 않은 입문자의 총 수는 25,386명.

교환소의 악마라는 이름을 모르는 소수를 제외하곤 모두 실력에 자신 있는 강자들이었다.

하지만 그건 우물 안의 개구리였을 뿐, 하나하나 찾아간 정훈 앞에 모두가 무릎을 꿇어야만 했다.

예전과 같았으면 묻지도 따지지도 않고 죽였을 테지만, 이번엔 선택지가 주어졌다.

죽음을 택할 것인가, 아니면 휘하에 소속될 것인가.

정훈의 압도적인 무력에 경외심을 느낀 이들은 기꺼이 휘하로 들어갔다.

목숨을 중요시하는 이들은 속으론 이를 갈아 대며 굴욕적인 삶을 택했다.

죽음보다 명예를 중요시하는 일부 무사들은 끝까지 저항하며 죽음을 맞이했다.

정훈의 손에 죽음을 맞이한 입문자 3,505, 이를 제외한 22,381명은 입문자 유일의 세력을 꿈꾸는 '신살神殺'에 합류하게 되었다.

역대 가장 많은 입문자가 모였다.

단순히 그 숫자만이 의미가 있는 게 아니다.

그들의 합류와 함께 같은 시나리오에 묶인 모든 입문자가 하나의 세력으로 모이게 된 것이었다.

"여기, 전원의 서명을 받았습니다."

광장 중앙. 기다리고 있던 정훈을 찾은 건 준형이었다.

그가 건넨 양피지, 본래는 여백만이 가득한 곳엔 예전에 볼 수 없었던 까만 글씨가 빼곡하게 적혀 있었다.

"한 명도 빠짐은 없는 거겠지?"

"적어도 정훈 님이 데리고 온 이들 중엔 빠짐이 없다고 자부할 수 있습니다."

네가 잘못하지 않은 이상 내 실수는 없다. 자신감이 넘치는 그 말에 피식 웃었다.

"준비는?"

"완벽합니다."

그 말을 확인하기 위해 기감을 넓게 확장했다.

그의 의지에 따라 움직인 기의 파동이 주변 입문자들의 위치를 확인했다.

그 위치는 큰 원을 그리고 있었다. 빈틈이라곤 느낄 수 없는 완벽한 형태로.

"다시 한 번 말하지만 개미 새끼 하나 침입하지 못하도록 막아. 실패했을 시에는 너에게 책임을 물을 테니."

의도적으로 기세를 내비쳤다.

성난 파도처럼 몰아치는 기세에 전신이 경직된다.

그렇지만 준형은 이에 굴복하지 않고 작은 미소를 그렸다.

"걱정하지 마십시오."

굳은 의지의 표시에 그제야 기세를 거둔 정훈이 고개를 끄덕였다.

지금까지 보아 온 준형이라면 잘 해낼 수 있을 것이다.

지금은 믿는 수밖에 없었다.

"시작할 테니 물러나 있어."

"······."

대답도 잊은 준형이 물끄러미 응시했다.

"왜?"

"긴장하신 겁니까?"

티는 나지 않았다.

하지만 주변의 공기가, 감이라는 게 그리 말하고 있었다.

"티 나냐?"

"아뇨. 전혀 안 납니다. 그냥 감입니다."

"감 좋네. 맞아. 긴장하고 있어. 이번 일은 내게도 쉽지 않
으니까."

사실 정확하게는 모른다.

오르비스의 정보는 관리자가 있다는 것만 알려 줄 뿐, 그
강함에 대해선 상세히 알려 주지 않았기 때문이다.

다만 어느 정돈 예상할 수 있었다.

절대적인 시나리오의 규칙을 무효로 돌릴 존재, 그 모든
권한을 위임 받은 관리자라면 어마어마한 힘을 지니고 있을
거라고.

'하지만 관리자 또한 시나리오에 소속된 존재. 단계의 법
칙에선 벗어날 수 없지.'

정훈이 믿는 건 시나리오의 단계에 따라 강해진다는 그 절
대적인 법칙이었다.

이곳의 관리자가 아무리 강하다 한들 6막에 설정된 한계치를 벗어날 순 없다.

그 한계치가 정확히 얼마 만큼인지 알지 못하지만, 그 또한 보너스 시나리오를 기준으로 하면 상식을 초월하는 괴물이었다.

태초급에 준하는 솔로몬의 무구 세트와 태초급 무기 용광검. 거기에 입신의 경지에 이른 능력치까지.

"웬만해선 내가 지는 일은 없을 테니 안심해."

그것은 준형에게 말하는 것임과 동시에 자신에게 말하는 것이기도 했다.

"당연히 믿고 있습니다."

그리 말한 준형이 발걸음을 옮겼다.

인사는 없었다.

어차피 다시 만나 이야기할 테니 불필요한 과정에 불과했다.

멀어지는 그를 잠깐 동안 응시하던 정훈이 등을 지며 정면을 바라봤다.

눈앞에 있는 건 광장을 상징하는 동상인 이순신 동상이었다.

큰 칼을 역으로 든 그 모습은 용맹하기 그지없다.

평소라면 동상을 보며 존경심을 느꼈을 테지만, 지금은 다르다.

긴장된 시선으로 동상을 바라보던 그가 무거운 한 걸음을 떼었다.

동상 가까이로 다가간 정훈은 동상 아래, 네모난 발판에 시나리오 동의서를 가져갔다.

그그긍.

동의서가 가까이 다가오자 발판 속에 숨어 있던 작은 공간이 드러났다.

마치 여기에 동의서를 넣으라는 듯했다.

후우.

짧은 심호흡과 함께 동의서를 집어넣었다.

예의 핑음과 함께 공간이 닫혔다.

그렇게 잠시간의 시간이 지나고…….

─누가 감히 신성한 무대를 더럽히는 것이냐!

천둥과도 같은 호통이 고막을 강타했다.

고작 의지를 전하는 것만으로 몸이 육신이 떨려 온다.

'강하다.'

본능적으로 그 힘을 느낀 정훈의 시선이 위를 향했다.

놀랍게도 이순신 장군 동상이 움직이고 있었다.

묵직한 발걸음을 뗀 동상은 영원이 지키고 있을 것만 같았던 발판을 지나 지면에 안착했다.

아직은 익숙하지 않은 듯 끊기는 동작과 함께 좌우로 돌아가는 고개.

그리고 정훈을 발견한 듯 고개가 멈췄다.

태양을 박아 넣은 듯 불타오르는 안광이 매섭다.

-내 너희를 모두 멸하리라!

노한 의지가 전해진 그 순간.

-모든 입문자가 보너스 시나리오의 권리를 포기했습니다.

-분노한 관리자가 입문자들을 멸할 것을 선포합니다.

-강력한 권능을 지닌 관리자, 동銅장군에게서 살아남으십시오.

-생존에 성공할 경우 활약도에 따라 굉장한 보상을 얻을 수 있습니다.

알림이 귓가로 파고들었다.

'왜?'

시나리오 자체를 부수는 것도 임무에 포함되어 보상이 설정되어 있다니, 의외일 수밖에 없었다.

하지만 길게 생각할 틈은 없었다.

어느새 다가온 동장군이 자신의 몸만 한 칼을 횡으로 베었기 때문이다.

스걱.

분명 피했다고 생각했건만 갑옷의 가슴 부근이 종잇장처럼 찢겨져 나갔다.

무려 태고급의 단단한 방어구를 이리 간단히 벨 수 있다니. 아니, 그보다 더 놀라운 건 입신의 경지에 이른 순발력을 뚫은 점이다.

소름끼칠 정도의 속도와 위력이 아닐 수 없었다.

'역시 쉽진 않겠어.'

오랜만에 느끼는 긴장감에 정훈은 극한의 감각을 끌어올렸다.

"이제 시작입니다. 모두 자신의 자리를 이탈하는 일이 없도록 주의해 주십시오."

광장을 둥글게 둘러싼 진의 중앙, 그곳에 선 준형이 다시금 주의를 주었다.

정훈에게서 이번 전투가 얼마나 중요한지 귀에 딱지가 들도록 들었다.

설사 그의 주의가 없더라도 모든 일에 대해 완벽한 준비를 하는 게 그의 평소 신념이었다.

개미 새끼 1마리도 통과시키지 않을 각오를 다지며 정면을 응시했다.

–내 너희를 모두 멸하리라!

분노한 의지가 모든 입문자들에게 전해졌다.

쿠쿵.

광장과 연결되어 있는 도로가 격하게 흔들렸다.

좌우로 움직이는 그 진동을 견뎌 내지 못한 도로에 균열이 일었다.

처음에는 실금이었으나 점차 심해지는 좌우 운동과 함께 균열의 틈새는 점차 벌어지기 시작했다.

"저, 저기!"

놀란 입문자들의 경호성이 터져 나왔다.

균열의 틈새 사이로 모습을 드러내는 존재. 그것은 동상이었다.

가슴팍 정도만을 보호하는 갑주, 그리고 녹슨 무기를 든 동의 병사들이 대열을 맞춰 진군하고 있었다.

처음엔 당황하던 입문자들은 이내 안정을 되찾았다.

이계로 오면서 온갖 괴물들을 경험했다.

동상이 움직이는 게 뭐 그리 대수겠는가.

오히려 병사들을 우습게 보는 이들도 있었다.

"자만은 금물입니다. 녀석들은 우리가 상대해 왔던 괴물과는 전혀 다른 강적. 긴장을 늦추지 마십시오."

묘한 기류를 읽은 준형이 단단히 경고했다.

자신감은 좋지만 자만은 안 된다.

자만은 수많은 빈틈을 만들어 내고, 이는 개미 새끼 하나 통과시키지 말아야 하는 임무에 치명타가 될 것이 틀림없다.

준형은 조금 전 나누었던 정훈과의 대화를 다시 한 번 떠올렸다.

'잘 들어. 싸움이 시작되면 동병사들이 나타나 공격을 시작할 거다. 여기서 중요해. 내가 정해 준 범위 내로 녀석들이 접근하지 못하도록 막아. 단 하나도 통과시켜선 안 돼.'

'통과시키면 무슨 일이 벌어지는 겁니까?'

'간단해. 나를 포함해 모두가 뒈지는 거지. 내가 싸우는 동 장군이란 녀석은 병사 하나가 범위에 들어올 때마다 2배씩 강해지거든. 처음부터 지닌 힘이 이곳에 있는 모든 입문자 녀석들을 말살할 정도인데 2배가 되면 어떻게 될까?'

'다 죽겠군요.'

'그래. 그러니까 살고 싶거든 어떻게든 녀석들을 막아. 못 막으면 바로 거기서 게임을 끝나는 거니까.'

병사만 들여보내지 않으면 정훈은 반드시 승리할 것이다.

결국 이번 임무의 승패는 자신의 손에 달려 있는 것이나 다름없다.

"준비!"

어느새 꺼내 든 녹색 깃발을 높이 쳐들었다.

그러자 아주 거대해진 깃발의 환영이 창공을 수놓았다.

녹색 깃발이 뜻하는 건 원거리 공격, 그중에서도 스킬을 준비하라는 것.

미리 정해 둔 신호에 따라 원거리 공격이 가능한 이들이 각자의 공격을 준비했다.

"공격!"

동병사들이 목표로 한 거리에 들어온 순간 붉은 깃발이 올라갔다.

역시 창공에 떠오른 거대한 깃발의 환영.

그와 함께 수만의 입문자들이 펼쳐 낸 원거리 스킬이 각자의 방향으로 쏘아져 나갔다.

고오오.

색색의 기운이 사방을 뒤덮었다.

그것은 참으로 아름다운 광경이었다.

하지만 그 아름다움 속에 깃든 위력을 알고 있다면 결코, 아름답다고 표현할 수만은 없을 것이다.

콰아아앙!

천지가 진동했다.

마치 핵폭탄이 터친 것처럼 버섯구름이 생성되며 후폭풍이 발생했다.

그 후폭풍마저도 강력한 태풍과 같은 자연재해를 연상케할 정도.

폭발의 위력이 어떤지는 짐작조차 할 수 없었다.

6막을 넘어 보너스 시나리오까지 생존한 입문자들이다. 지금까지의 허접한 이들과는 수준 자체가 달랐던 것.

"이 정도면 끝났겠지."

"쳇. 시시하네."

다들 자신만만했다.

고작 동상 따위가 이런 위력에 살아남을 턱이 없다고 생각한 것이다.

하지만 먼지가 걷히고 드러난 광경은 모두를 아연실색하게 만들었다.

동병사들은 여전히 그들을 향해 진군하고 있었다.

결코, 빠르지 않은, 느릿한 속도로 행군하는 그 모습에 절로 공포심이 피어오른다.

"준비!"

하지만 준형만큼은 당황하지 않았다.

미리 정훈에게서 적들의 속성에 관한 언질을 받았기 때문이다.

예전 늑대 무리를 상대했을 때처럼 녀석들 또한 면역 속성을 지니고 있다.

하지만 어떤 면역 속성을 지녔는지 직접 확인하기 전까진 알 수 없다.

그렇기에 확인 작업이 필요한 것이다.

파란색 깃발과 붉은 깃발이 동시에 올라갔다.

원거리 공격 중 활을 사용하라는 것을 의미한다.

파파팟.

곧장 하늘이 검게 물들었다.

먹구름이 몰려온 것인가.

아니, 그것은 화살이었다.

엄청난 수의 화살이 창공을 뒤덮었다.

그렇게 호선을 그린 화살이 동병사들을 향해 떨어져 내렸다.

생명이 없는, 동으로 이루어진 병사들이었다.

일반적인 상식으로 봤을 때 화살은 아무런 소용이 없어 보였다.

하지만 눈앞에서 펼쳐지는 광경은 모두의 예상을 빗나가는 것이었다.

핵폭발에 버금가는 스킬의 폭격 속에서도 멀쩡한 동병사들은 빗발치는 화살에 꿰뚫린 채 하나둘 쓰러지기 시작했다.

물론 그 한 번의 공격으로 병사 모두를 쓰러뜨리는 건 불가능한 일이었다. 대신 약점을 파악할 수 있었다.

'투사체로군!'

준형의 안광이 빛났다.

과연 정훈에게 들었던 대로다.

예상컨대 면역 속성은 스킬에 한정된 것일 터.

약점을 알았으니 이제 공략할 일만 남았다.

"준비!"

보너스 시나리오까지 생존한 이들이다.

재빨리 화살을 장전한 그들은 준형의 신호에 따라 시위를 당겼다.

곧 하늘을 검게 물들인 화살의 비가 동병사들을 향해 쏟아져 내렸다.

정훈의 눈동자, 검게 물든 동공 속에 청녹색의 빛나는 오
망성이 자리했다.

8개의 솔로몬의 무구를 완성하면서 얻게 된 특별한 권능
인 혜안이었다.

마기를 흡수해 무작위로 얻을 수 있는 스킬.

하지만 그 위력은 전과는 천양지차다.

정훈의 마기를 잔뜩 머금은 권능은 동장군의 공격 궤적을
너무도 선명하게 보여 주었다.

그것은 미래를 내다보는 예지와 같다.

휙휙 그어지는 선을 피해 몸을 움직인다.

아무리 동장군의 공격이 극쾌에 이르렀다 한들 미리 움직
임을 읽는 회피엔 소용이 없었다.

쉬익.

오른쪽 뺨을 스쳐 지나가는 검.

정말 한 끗 차이로 동장군의 공격을 흘려낸 그는 곧장 진
각을 밟았다.

꽈앙!

바닥이 무너져 내린다.

교묘하게 힘을 조절한 덕분에 동장군이 딛고 있는 곳만을 부술 수 있었다.

균형을 잃은 동장군의 신형이 좌우로 흔들린다.

이내 균형을 잡고 섰지만, 그 찰나의 순간은 정훈에겐 절호의 기회였다.

토의 힘을 잔뜩 머금은 용광검이 정수리를 머리 위로 떨어져 내렸다.

아예 깨부수려는 작정이었다.

터엉!

찰나의 빈틈을 놀린 공격은 성공했다.

다만 그 위력은 녀석의 깨부수지 못했다. 아니, 전혀 통하지 않았다는 게 맞을 것이다.

태초급의 무구, 거기에 입신에 이른 근력으로 쳤는데도 약간의 손상도 없다.

그게 무엇을 뜻하겠는가.

'대지의 힘은 소용없다는 뜻이지.'

동병사가 그렇듯 동장군 또한 면역 속성을 지니고 있다.

다른 점이 있다면 스킬, 투사체, 근접의 세 가지로 구분되는 동병사들과 달리 다양한 면역 속성을 지니고 있다는 것.

이중 동장군을 때려잡을 수 있는 속성이 단 한 가지였다.

그 속성은 정훈도 모른다.

오르비스가 전해 준 정보엔 동장군의 약점 속성은 무작위로 정해진다는 사실밖에 없었다.

이계에 존재하는 기본 속성은 총 10개.

이 중에서 유일한 약점이 되는 단 한 가지 속성을 찾아 공격해야만 한다.

방법은 하나.

지금처럼 속성을 바꿔 가며 공격하는 수밖에 없었지만 그것도 그리 쉬운 방법은 아니었다.

슈아악.

어디선가 날아온 빛의 구슬이 동장군의 육신에 흡수되었다.

그것이 무슨 현상인지 알고 있었던 정훈.

막고 싶었으나 워낙 창졸지간에 벌어진 일이었고, 실제로 막을 수 없는 것이기도 했다.

-너희의 죽음이 날 더욱 강하게 하는구나!

동장군의 사기적인 특성 중 하나였다.

동병사가 일정 범위 내로 접근하게 되면 녀석은 2배의 힘을 손에 넣게 된다.

하지만 준형은 동병사의 접근을 허락한 바가 없다.

해답은 동병사가 아니다.

바로 입문자들의 죽음이었다.

시나리오의 권리 포기에 서명한 입문자들.

그들이 죽을 때마다 영체靈體가 되어 동장군에게 흡수된다.

입문자 하나가 죽을 때마다 동장군이 얻는 힘은 본신의 1

퍼센트.

하나 정도야 괜찮지만, 그게 축적이 된다면?

감당하는 건 불가하다.

즉, 이번 승부는 시간과의 싸움이기도 했다.

"끄악!"

고통에 찬 비명이 터져 나왔다.

금방이라도 숨이 끊어질 듯 이어지던 비명이 잠잠해졌다.
결국 죽음에 이르고 만 것이다.

'간격을 맞추라고 그렇게 주의를 줬건만!'

준형이 한탄했다.

한 명의 사상자.

이런 대규모 전쟁에서 모두를 살릴 수 없다는 건 잘 알고
있었지만, 그 죽음이 실수로 인해 벌어졌다는 게 문제였다.

화살에 쓰러지기만 하던 동병사들의 반격이 있었다.

그들의 공격에 맞서 활을 이용한 원거리 공격으로 맞불을
놓은 것이다.

속도, 위력 모두 범상치 않은 공격.

하지만 대비는 되어 있었다.

단 한 명의 사상자도 생기지 않도록 완벽한 대열을 맞춰

놓았다.

화살이 쏟아지는 즉시 방어 스킬을 발동했고, 수백, 수천 겹으로 겹쳐진 방어에 동병사들이 날린 화살은 힘없이 부러졌다.

여기까진 완벽했다.

문제는 완벽하게 짜 놓은 대열에 이탈자가 있었다는 점이다.

속절없이 쓰러지는 동병사들을 처리하느라 대열에서 조금 움직였고, 기습적인 적의 공격에 당하고 만 것이다.

전투가 시작된 지 고작 5분이다.

입문자들의 죽음이 어떤 영향을 미치는 지 언질을 받은 준형은 속이 까맣게 타들어가고 있었다.

또 이런 실수가 생기지 말라는 법은 없다.

오랫동안 합을 맞춰 왔다면 그렇지 않겠지만, 지금 이들은 급조된 조직이었다.

아무리 주의를 줬다 해도 어떤 돌발 행동이 나올지 알 수 없는 것.

문제는 그것만이 아니었다.

지켜야 하는 영역이 너무 방대했다.

그렇기에 일일이 지시를 해 줄 수 없었다.

물론 명령을 내리는 부관을 따로 두긴 했지만, 아무래도 준형이 직접 지시하는 것보단 못하다.

'아냐. 고작해야 이제 1명이다. 최대한 이들을 지키도록 노력하자.'

스멀스멀 기어 올라오는 불안감을 애써 떨쳐 냈다.

한 번 실수일 뿐이다.

이곳에 있는 모두가 죽음의 시련을 거쳐 온 이들. 쉽게 무너지진 않을 것이다.

지금은 믿을 수밖에 없었다. 입문자들을, 그리고 그들의 실력을 말이다.

"공격!"

그의 지시에 따라 다시 한 번 화살이 쏟아져 내렸다.

터터텅!

분명 조금 전까지만 해도 속절없이 쓰러지던 동병사들이었다.

하지만 그게 하나의 꿈이었던 것처럼 아무런 소용이 없었다.

빗발치는 화살은 동병사의 몸체를 뚫는 건 고사하고 그냥 튕겨져 나갔다.

'면역 속성이 바뀌었다.'

게다가 근거리 무기만 들고 있던 병사들의 조합도 변했다.

근접 무기와 방패를 든 병사들이 선두, 그 뒤를 궁수들이 따르고 있었다.

흔히 보병전에서 볼 수 있는 진형.

처음 공격은 그저 맛보기에 불과했다.

녹색 기와 붉은 기가 동시에 올라갔다.

색색의 스킬이 공중을 수놓으며 병사들을 덮쳤다.

콰콰쾅.

엄청난 폭발이 일어났다.

하지만 자욱한 흙먼지를 뚫고 나오는 병사들은 너무도 멀쩡했다.

투사체와 스킬, 두 가지 공격이 먹혀들지 않았다.

그렇다면 남은 건 근접 공격밖에 없다.

'가장 피하고 싶었건만.'

준형으로선 가장 꺼려지는 속성일 수밖에 없다.

근접, 보병전은 자연스레 희생자가 많이 생길 수밖에 없는 형태의 전투.

웬만하면 투사체나 스킬의 약점을 지닌 상대를 바랐지만, 역시 하늘은 쉬운 상대를 허락하지 않았다.

황색 깃발이 창공을 수놓았다.

단단한 갑옷으로 무장한 전사들이 선두열에 섰다.

단순히 근접 전투에 능한 이들이 아니다.

지금 선두에 선 자들은 준형이 특별히 공을 들인 집단.

"돌격!"

근접전을 펼치기엔 다소 먼거리였다.

하지만 준형은 자신 있게 돌격을 명하며 붉은 깃발을 올렸다.

두두두두.

핑음과 함께 뛰쳐나간다.

그런데 혼자가 아니다.

놀랍게도 병사들을 향해 돌격하는 입문자 모두가 각각의 탈것에 탑승해 있었다.

6막이 지난 지금까지도 희귀한 아이템 중 하나가 탈것이었다.

하지만 30만이 넘는 입문자가 모인 게 바로 신살 아닌가.

준형은 탈것을 지닌 입문자들을 따로 골라내어 기마부대로 편성했다.

기마병의 장점은 돌파력.

엄청난 속도로 달려 나간 기마부대는 방패를 앞세운 동병사들과 충돌했다.

콰직.

속도와 힘이 더해진 기마부대의 힘은 병사들의 방패를 간단히 부숴 버렸다.

무기를 휘두르며 그대로 돌진한다.

그들의 목표는 보병이 아닌 뒤에서 화살을 쏘아 대는 궁병들이었다.

활은 거리를 주지 않으면 사용할 수 없다는 극명한 단점이 있다.

그들 사이로 난입한 기마부대는 손쉬운 학살을 자행할 수 있었다.

"와아아!"

뿐만 아니다.

준형의 다음 명령으로 근접 전사들이 돌진했다.

이미 기마부대가 한바탕 휘저어 놓은 덕에 병사들의 틈사이로 너무도 간단히 파고들 수 있었다.

남은 건 손에 잡히는 대로 적을 베어 내는 것뿐.

현재 이들을 이끄는 위치의 준형 또한 그 사이에서 종횡무진 활약을 펼쳤다.

　　　　　　　　◈◈◈

혜안이 보여 주는 궤적을 따라 움직이며 동장군의 공격을 흘려 낸다.

그 틈 사이를 파고들어 화, 수, 토, 풍 4개 속성의 공격을 성공시켰지만, 그 어떤 것도 타격을 줄 순 없었다.

비록 4개 속성 중 약점을 찾는 건 실패했지만, 그리 아쉽지 않다.

'잘하고 있군.'

전투가 시작된 지 꽤 시간이 흘렀지만, 고작 10번의 영체 흡수가 일어났을 뿐이다.

생각했던 것 이상의 활약이었다.

'내가 누굴 걱정할 처치가 아니었네.'

결국 잘해야 할 건 자신뿐이다.

용광검이 지닌 4개 속성은 모두 사용했다.

그렇다면 나머지 속성은 어떻게 해야 하는가.

"삼라만상의 이치를 깨달으니, 그가 바로 솔로몬 왕이라."

8개 세트를 모두 모아야 발휘할 수 있는 특수 권능. 세계에 존재하는 모든 속성을 다룰 수 있는 능력이었다.

의지는 곧 기운으로 화해 용광검의 겉을 감쌌다.

짙은 녹색의 기.

쳐다만 봐도 중독될 것 같은 그것의 정체는 독 속성이었다.

할 수 있는 거라고 해 봐야 큰 칼을 휘두르는 것밖에 없는 동장군의 틈에 용광검을 쑤셔 넣었다.

독 실패.

전기 실패.

빛 실패.

어둠 실패.

마법 실패.

물리 또한 실패했다.

'뭐야?'

어처구니가 없었다. 9개의 기본 속성. 그 모든 속성으로 공격해 봤지만, 동장군은 끄덕도 하지 않았다.

아니, 열 가지 기본 속성에 모두 면역이라면 도대체 어떻게 공략하란 말인가.

스윽.

혼란한 마음은 곧 빈틈을 만들었고, 어깨에 상처를 허용하고 말았다.

아무리 단단한 방어구라 한들 동장군의 거력을 감당하는 건 무리였다.

상세는 그리 심하지 않다.

다만 답이 나오지 않는 절대 방어에 고민이 깊어질 뿐이었다.

'도대체 어떡하라는 거야!'

하지만 아무리 생각해도 답은 나오지 않는다.

냉정을 찾아야 하지만, 그마저도 쉽지 않다.

조급할 수밖에 없었다.

시간은 그의 편이 아니었기 때문이다.

이대로 시간을 보내게 된다면 계속 밀어닥치는 병사들에 의해 입문자들이 죽어날 테고, 그들의 죽음은 동장군의 성장으로 이어진다.

그것만이면 그나마 다행이다.

만약 저지선을 뚫고 병사들이 들이닥치기라도 하는 날엔 그것으로 게임은 끝이다.

'내가 빠뜨린 게 대체 뭐지?'

동장군의 살벌한 공격이 이어지고 있었지만, 위험을 감수하고서라도 기억을 헤집을 수밖에 없었다.

　　10개 속성 이외의 것, 그것을 찾아야만 했다.

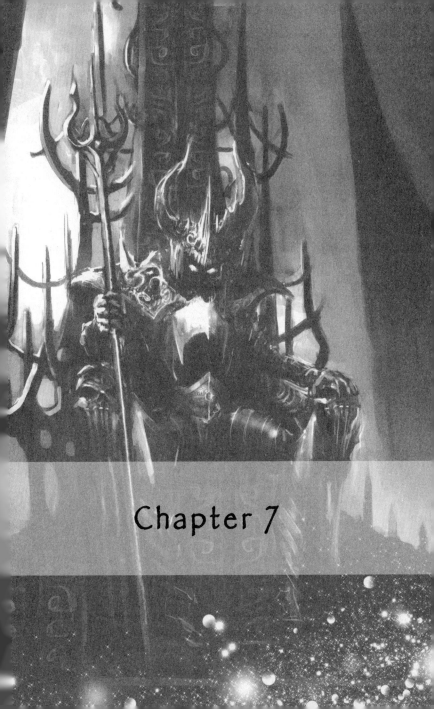

Chapter 7

빛, 어둠, 화염, 물, 대지, 바람, 전기, 독, 마법, 물리.

10개의 기본 속성은 이 세계를 구성하는 모든 것이라고 해도 과언이 아니다.

보너스 시나리오의 관리자, 동장군은 이중 단 하나의 속성으로만 공략할 수 있는 존재.

그런데 10개 속성이 아무런 소용이 없었다.

이게 무엇을 뜻하는가.

그건 마치 답이 없는 문제를 푸는 것과 같았다.

'아니. 답은 분명히 존재한다.'

단지 찾지 못할 뿐이다.

지금까지 그래 왔다.

비록 시나리오를 무효로 돌릴 관리자를 처치하는 일이라 해도 예외는 아닐 것이라 확신하고 있었다.

스팟.

상념에 빠진 새에도 동장군의 큰 칼이 쇄도했다.

속도와 파괴력.

두 가지 모두 신화경에 이른 강력한 공격은 조금 전과 비교해 훨씬 진보했다.

입문자들의 영체를 흡수한 동장군은 시간이 지날수록 더욱 강력해지고 있었다.

눈으로 확인한 것만 50의 영체다.

하지만 준형을 탓할 순 없었다.

이미 교전이 시작된 지 꽤 시간이 흐른 상황이었기 때문이다.

예상대로라면 100의 영체가 흡수되었어도 이상하지 않다.

그렇기에 오히려 칭찬해야 마땅하다.

그런데 그럴 수 없다.

정작 동장군을 처리해야 할 그가 헤매고 있었기 때문이다.

카캉!

"흐읍!"

혜안의 예측을 넘어선 검격.

별수 없이 용광검을 들어 막았으나 그 충격으로 인해 손아귀가 찢어졌다.

지면을 향해 방울방울 떨어지는 선혈.

재빨리 힘을 주어 동장군을 밀어낸 정훈은 스르르 미끄러지듯 뒤로 물러나며 동장군을 노려봤다.

사실 고통은 별게 아니다.

문제는 시간이 지날수록 그의 체력이 떨어지는 데 비해 동장군은 더욱 강해진다는 사실이었다.

이런 문제를 정확히 인지하고 있었던 정훈이었다.

그렇기에 조급할 수밖에 없었다.

이대로 시간을 보낸다면 필패다.

그리고 그 시간은 점차 가까이 다가오는 중이었다.

'시간을 번다.'

당장 떠오르는 묘안이 없다. 결국, 정훈이 선택할 수 있는 건 시간 벌기였다.

"이 춤을 추니 모든 것이 무로 화하리라."

폭풍과도 같이 사납게 날뛰던 기세가 파문 한 점 없는 호수와 같이 잠잠하게 변했다.

물론 동장군은 이러한 정훈의 변화에 아랑곳하지 않았다.

간결한 동작에서 나오는 파괴적인 힘. 큰 칼에 거력을 실어 정훈을 향해 베었다.

스슥.

분명 검과 검이 부딪쳤다.

하지만 아무런 소음도, 충격의 여파도 느껴지지 않았다.

일전에 강룡이 펼쳐 보인 바 있었던 무극지도의 오초식인 파공식이었다.

그 어떤 스킬보다 힘이 되어 줄 수 있는 무적의 수비 검식.

그것을 얻은 그날부터 부단히 숙련도 노가다에 들어갔고, 지금에 와서는 무려 80퍼센트의 피해를 흘릴 수 있게 되었다.

아무리 강력한 동장군의 공격이라 해도 20퍼센트 정도는 가뿐히 받아 낼 수 있다.

순식간에 수십 합의 공방이 일어났고, 정훈은 이를 모두 막아 냈다.

하지만 무적의 검식이 있음에도 그의 얼굴은 좀처럼 펴질 줄 몰랐다.

그 공략법을 알아 내지 못한 이상 파공식도 조금의 시간을 번 거에 불과하기 때문이다.

파공식을 유지하기 위해선 어마어마한 마력이 필요했다.

신화경에 이른 정훈조차도 10분을 버티지 못할 막대한 마력.

그전에 녀석을 쓰러뜨릴 수 있는 방법을 떠올려야만 했다.

여기서 생의 마지막을 맞고 싶지 않다면 말이다.

"크헉!"

단말마의 비명과 함께 쓰러졌다.

준형의 고개가 돌아갔다.

병사에 의해 허벅지를 베인 채 쓰러지는 이. 그는 바로 처음 이계에서부터 지금까지 자신과 함께한 소중한 동료였다.

스슥.

검은 광택의 낫. 스퀴테를 이용해 눈앞의 병사 머리통을 날려 버린 준형은 다급히 그곳으로 뛰어갔다.

살리고 싶다.

제발 죽지 마.

그 찰나의 순간에도 수천 번의 기도를 올렸다.

그의 기도가 하늘에 닿았을까.

쓰러진 채로 병사를 두 조각 낸 사내가 준형을 향해 미소 지었다.

안심해라. 난 살아남았다. 생생한 눈빛이 그리 말하고 있었다.

"끄윽!"

주변을 수많은 병사들이 포위한 상황.

어느새 죽은 병사의 자릴 대신한 창병이 목에다가 창을 쑤셔 박아 넣고 있었다.

"안 돼!"

어디서 그런 잠재력이 나왔을까.

평소보다 배는 빠른 속도로 튕겨져 나간 준형의 스퀴테가 번뜩였다.

공간마저 갈라 버리는 낫이 그대로 병사를 두 동강 냈다.

"성완!"

박성완.

처음부터 그를 믿고 따랐던 몇 안 되는 동료 중 하나였다.

"으아아!"

원의 형태로 뻗어 나간 검은 기운이 주위 병사들을 도륙했다.

근접 공격에 취약점을 지니고 있는 병사들은 준형의 상대가 아니었다.

"주, 준형."

"잠시만, 잠시만 기다려."

공적으로는 사령관과 부하의 신분이었지만, 사적으론 둘도 없는 친구다.

지체할 것 없이 보관함에 넣어 두었던 물약을 꺼냈다.

마치 와인과도 같은 선홍빛을 띤 그건 만약의 사태에 대비하기 위해 준비한 것으로, 무려 5천 개의 증표를 들여 마련한 치유 물약이었다.

웬만한 상처도 아물게 할 수 있을 정도로 귀한 것이었지만, 성완처럼 죽어가는 사람을 살리는 건 불가능한 일이었다.

그것은 성완이 제일 잘 알고 있었다.

물약을 먹이고자 하는 준형의 손을 가로막았다.

"알잖아. 소용없는 일이야."

"그게 무슨 소리야. 나만 믿어. 이것만 먹으면……."

"답지 않게 흥분해서는. 냉정해져. 네 손에 달린 목숨이 몇 명인데, 쿨럭!"

검게 죽은피를 토해 낸다.

이제 죽음이 얼마 남지 않았음을 증명하는 것.

소용이 없다는 건 준형도 잘 알고 있었다.

다만 친우의 죽음을 인정할 수 없었기에 마지막 발악을 한 것이다.

그 죽음을 받아들인 순간, 아무 말도 하지 못했다.

대신 참을 수 없는 고통에 의해 부들부들 떨고 있는 그의 팔을 꽉 쥐었다.

"넌 훌륭한 리더가 될 수 있을 거야. 부디, 부디 이 빌어먹을 세상에서 살아남아……."

그렇게 마지막 말을 전하지 못한 그는 안식에 들었다.

눈물이 나올 줄 알았다.

하지만 그러기엔 너무도 많은 죽음을 경험한 뒤였다.

죽어서도 부릅뜬 친우의 두 눈을 감겨 주었다.

한 명의 죽음에 슬퍼할 시간이 없다. 현재 그는 수십 만 명의 목숨을 손에 쥔 사령관이었다.

콰직.

다가오는 검병을 주먹으로 내려쳐 부숴 버렸다.

동료들을 지키기 위해서, 정훈이 안전하게 동장군을 처치하도록 돕기 위해선 더 이상의 희생을 방치할 순 없었다.

'내가 한다.'

잘못 생각했다. 사령관이라고 몸을 뺄 때가 아니었다.

그는 누군가의 뒤에 서서 보호를 받는 자가 아닌, 앞장서서 모두를 지키는 자.

스팟.

백안으로 물든 스퀴테가 공간을 가르며 병사들을 도륙하기 시작했다.

조금만 참으면 된다.

조금만 참으면 반드시 정훈이 이 지옥 같은 전쟁을 끝낼 것이다. 지금까지 늘 그래 왔던 것처럼.

─너희의 죽음이 날 더욱 강하게 하는구나!

영체를 흡수한 동장군이 의기양양하게 외쳤다.

준형의 노력에도 불구하고 희생자는 늘어만 갔고, 벌써 200개가 넘는 영체를 흡수했다.

250퍼센트가 넘는 능력의 상승으로 인해 파공식을 펼쳤음에도 손이 저릿저릿했다.

'가망이…… 없는 건가.'

그 어떤 순간도 포기한 적 없었던 정훈이었지만 지금 이 순간만큼은 희망을 찾을 수 없었다.

어떤 방식으로 공격해도 동장군은 끄떡하지 않았다.

거기에 파공식을 유지하기 위한 마력도 슬슬 바닥나는 중이었다.

마력이 바닥나는 순간이 그가 죽는 순간이 될 터였다.

'죽는다고? 내가?'

한 번도 생각해 본 적 없는 죽음이다.

죽음이 두렵지는 않다. 어차피 이계에 온 순간부터 각오하고 있던 바였으니까.

하지만 이렇게 허무하게는 아니었다.

그냥 몰랐으면 모를까, 엿 같은 신의 계획을 듣고 난 이후가 아닌가.

아무것도 하지 못한 채 이리 허무하게 죽을 순 없었다.

좌절을 밀어내고 반발심이 튀어나왔다.

"씨이발!"

왜 그랬는지 모른다.

그저 울컥 올라오는 반발심에 자신이 지닌 모든 힘을 폭발시키듯 뿜어냈다.

단순히 그의 힘만이 아니었다.

파공식의 묘리 중 하나인 회.

지금껏 동장군의 공격을 받아 내며 축적시켜 두었던 기운이 모두 합쳐진 것이다.

콰득.

믿기지 않는 광경에 눈을 부릅떴다.

그 어떤 공격에도 미동도 않던 동장군의 왼팔이 부서지고 있었다.

마침내 뜻을 이뤘지만, 정훈의 시선은 동장군을 향해 있지 않았다.

두 눈이 몽롱하게 물든다.

그 눈은 현세를 보고 있지 않았다.

찰나에 불과한 순간이었으나 지금의 정훈에겐 억겁과도 같이 긴 시간이었다.

시간과 공간의 경계가 무너졌다.

깨달음이라 불리는 순간이 찾아온 것이다.

깨달음. 그건 지구인, 그것도 평화로운 현대를 살아온 이들에게 생소한 단어였다.

하지만 다른 차원은 어떤가.

격전의 세월을 살아온 그들은 생과 삶을 오고 가는 순간에서 깨달음을 얻어 무력을 쌓았다.

같이 이계로 소환되어 초기 능력치로 시작했다곤 하나 시작점 자체가 다른 것이다.

이 차이를 극복할 수 있었던 건 누구도 따라올 수 없는 능력치와 무구의 힘 때문이었다.

그 압도적인 차이가 아니었다면 지금까지 살아남지 못했을 것이다.

특히 이스턴 무사들과의 차이는 어마어마했다.

일전에 상대했던 강룡이 비슷한 수준의 무구를 지니고 있었다면 어떻게 됐을까.

필패이자 필사다.

그만큼 지구인인 정훈의 한계는 명확했다.

능력치와 무구만 좋은 반쪽짜리.

하지만 지금, 깨달음을 얻으면서 정훈은 그 반쪽짜리에서 벗어날 수 있게 되었다.

'아!'

마치 폭죽이 터지듯 머릿속에서 연쇄 폭발이 일어났다.

닫혀 있었던 정신의 문이 열리고, 그간 받아들이지 못했던 영역의 것들이 그 자릴 채웠다.

그 순간이 찾아올 수 있었던 계기는 회의 묘리를 섞은 파공식으로 인한 것이었다.

그저 발작적으로 휘두른 게 아니다.

담아 낼 수 있는 모든 것, 지금껏 그의 몸에 지니고 있었던 모든 힘을 일격에 펼친 것이다.

생각하지도 못한 일격은 우연을 만들었고, 이 우연은 놀라운 변화를 일으켰다.

열 가지 기본 속성이 서로 뒤섞여 생각지도 못한 한 가지 힘을 발휘했다.

그것은 지금까지의 고정관념을 뒤엎는 새로운 힘이라 할 수 있었다.

혼돈混沌.

모든 속성과 맞물려 있으면서도 또한 그와는 전혀 다른 성질을 지니고 있는 숨겨진 속성이었다.

이 세계에 존재하는 어떤 책에도 쓰여 있지 않으며, 그 누구도 알지 못하는 힘이었다.

동장군을 공략할 수 있는 유일한 약점이자, 시나리오의 모든 권한을 쥐고 있는 관리자들의 취약 속성이기도 했다.

혼돈을 펼친 순간 그는 깨달았다.

한 번에 하나의 속성밖에 발휘할 수 없다는 고정관념에서 벗어난 순간 마침내 깨달음을 얻게 된 것이다.

-고약핸!

왼팔을 잃은 동장군이 크게 호통 치며 큰 칼을 휘둘렀다.

비록 한 팔을 잃었으나 고통을 느끼진 않는다.

그 말은 움직이는데 아무런 영향이 없다는 뜻이기도 하다.

250퍼센트나 상승한 능력치에서 뿜어져 나오는 압도적인 속도와 괴력이 정훈을 산산조각 낼 듯 쇄도했다.

눈에 보이지 않는다.

그럴 수밖에 없다.

무려 250퍼센트나 상승한 움직임은 아무리 신화경에 이른 정훈이라도 볼 수 있는 게 아니었다.

그나마 혜안과 파공식을 통해 막을 수 있었으나 정훈은 지금 그 마저도 펼치지 않았다.

확장된 정신의 영역이, 날카롭게 곤두선 모든 감각이 가상의 궤적을 그려 냈다.

스윽.

큰 칼을 허공을 갈랐다.

불과 한 뼘 차이로 큰 칼을 회피한 정훈은 손 안에 기운을 담았다.

솔로몬의 권능을 통해 손에 넣을 수 있었던 10개의 기본 속성.

그것이 주먹에 모여들어 한데 섞였다.

찰나에 뭉쳐진 혼돈의 기운.

절정에 이른 그 기운을 내질렀다.

물론 이를 용인할 동장군이 아니었다.

힘도 강해졌지만, 몸놀림도 전보다 더욱 빨라졌다.

정훈의 주먹을 감지한 순간 동장군은 이미 그곳을 벗어나 정훈의 사각지대, 오른쪽 대각선을 파고들었다.

하지만……

퍼억!

마치 그곳으로 올 것을 예상이라도 한 듯 정훈의 주먹이 꽂혀 들었다.

강렬한 힘을 견뎌내지 못한 오른쪽 어깨가 부서졌다.

아무리 살아 있는 생명이 아니라곤 하나 어깨가 부서져 덜 렁거리는 팔을 제대로 사용할 수 있을 리 만무하다.

왼팔은 부서지고, 오른팔은 덜렁거린다.

이로써 동장군은 양팔을 사용하지 못하게 되었다.

하지만 이 관리자에게 포기란 단어는 없었다.

시나리오의 권리를 포기한 모든 생명을 말살한다.

높으신 분에 의해 주입된 단 하나의 의지를 관철하기 위해 양발을 거칠게 놀렸다.

파파팍!

천지를 가득 메운 발의 그림자.

입을 다물 수 없는 놀라운 각법.

깨달음을 얻기 전의 정훈이었다면 절대로 피할 수 없었 을 터.

하지만 정신의 영역 확장이 불러온 변화는 생각보다 대단 한 것이었다.

전투 지능의 향상. 그것은 지금껏 생각지도 못한 방향을 제시해 주었다.

감각은 어떤가.

잘 벼려진 한 자루 검과도 같이 날카롭게 곤두선 그의 감 각은 눈에 보이지 않는 것을 느끼게끔 해 주었다.

피할 수 있는 건 피하고, 쳐 낼 수 있는 건 쳐 낸다.

너무도 간단한 일.

하지만 그게 수만, 수십만, 수백만의 공격을 흘리거나 쳐 내는 것이라면 어떨까.

불가능한 일이다.

그런데 지금 정훈은 그 불가능을 가능하게 하고 있었다.

눈 하나 깜짝하지 않은 채 그 모든 공격을 막아 낸 정훈은 용광검을 찔렀다.

파삭.

어떻게 움직일지 예측한 찌르기는 정확히 동장군의 안면에 박혀 들었다.

그 즉시 움직임이 멈췄다.

머릿속에 든 핵을 정확히 갈라 버렸기 때문이었다.

-전체 안내 발송.

-지구 소속 입문자 한정훈이 보너스 시나리오의 관리자 동장군銅將軍 처치에 성공.

-역사에 길이 남을 업적을 이룩한 입문자 한정훈에게 원하는 능력치 중 하나를 격상시킬 수 있는 혜택 부여.

-스킬북 '난중일기亂中日記' 부여.

-'언령 : 보너스 시나리오의 관리자' 부여.

-현재 같은 보너스 시나리오에 묶인 모든 입문자들의 생사여탈권 부여.

동장군의 죽음과 함께 전체 안내가 발송되었다.

그런데 부스러진 동장군의 동체를 바라보는 정훈의 눈은 실망으로 가득 차 있었다.

'드롭 아이템이 없어?'

지금껏 상대한 그 어떤 적보다 강력한 상대였다.

그렇기에 많은 기대를 했었다.

관리자 정도 되는 녀석이 죽으면 어떤 아이템을 드롭할지 생각하면서 말이다.

하지만 막상 펼쳐진 결과는 실망스러운 것이었다.

녀석을 처치해 얻을 수 있는 업적과 고유 아이템을 제외하면 얻은 게 없었기 때문이다.

무조건 태초급의 아이템 정도는 기대하고 있었기에 그 실망이 클 수밖에 없었다.

'뭐, 됐다. 어차피 녀석을 죽이는 것에 목적이 있었으니.'

하지만 이내 감정을 추슬렀다.

아이템은 부가적인 목적이었다.

실상 가장 큰 목적은 이 미치광이 계획에 한 방을 먹이는 것이고, 그 다음이 시나리오의 규칙에 구애받지 않는 많은 입문자들의 생존이었다.

두 가지 목적은 모두 이루었다.

그것이면 됐다. 게다가 아직 확인하지 않은 아이템이 있지 않은가.

그것에 생각이 미친 정훈은 곧장 자신이 얻은 난중일기의 정보를 확인했다.

난중일기(패시브)

효과 : 전투에 관한 다양한 전술 및 감각을 깨닫는다
설명 : 모든 병법이 담긴 위대한 장군의 전술서. 이 책을 읽는다면 당신 또한 위대한 장군의 반열에 오를 수 있다

설명만 보자면 당췌 무슨 효과가 있는지 감을 잡을 수 없었다.

전술과 감각이라. 의문을 느낀 그는 이내 책을 펼쳐 스킬을 습득했다.

화악.

펼쳐진 책자 사이로 뿜어져 나온 섬광이 정훈의 두 눈에 흡수되었다.

그리고 그 순간…….

"이, 이건!"

놀란 마음이 육성으로 튀어나왔다.

놀랄 수밖에 없었다.

아니, 고작 놀랐다는 표현만으로 지금의 감정을 설명할 수 있는 게 아니었다.

난중일기가 전해 준 건 단순한 이론이 아니었다.

그것은 또 다른 깨달음이었다.

확장된 정신의 영역이 다시 한 번 확장되었다.

그 영역은 거대한 연못이 강이 된 것과 같은 정도.

난중일기는 강제적으로 깨달음을 얻게 해 주는 엄청난 선물이었다.

다시 한 번 찾아온 억겁과도 같은 시간.

그 모든 것이 마무리되었을 때 정훈의 눈동자는 심연과도 같이 가라앉았다.

'실망할 게 아니었군.'

강제로 깨달음을 열어 주는 스킬 북이라니.

드롭 아이템이 없다고 실망할 게 아니었다.

게다가 이게 끝이 아니다.

그의 관심은 또 다른 보상, 언령으로 옮겨 갔다.

언령 : 보너스 시나리오의 관리자

획득 경로 : 동장군 처치
각인 능력 : 삼안三眼 생성

'삼안?'

상세 정보를 확인해 알 수 있었던 건 삼안이라는 생소한 단어였다.

10년간의 게임 경험을 뒤져 봐도 그 어떤 단서도 얻을 수 없었다.

설마 말 그대로 세 번째 눈이 생긴 게 아닐까.

본능적으로 이마를 뒤져 봤지만, 그런 건 없었다.

아니, 애초에 제삼의 눈이 생겼다면 본인이 모를 턱이 없었다.

의아함이 머릿속을 지배했으나 지금 당장 알 수 있는 건 없었다.

고민해 봐야 소용없다면 그 고민은 무의미한 것이나 다름 없다.

이내 삼안에 대한 의문을 털어 버린 그는 다시 한 번 귓가를 파고드는 알람에 귀를 기울였다.

─빰빠라빰빰! 축하합니다, 한정훈 입문자님. 대단하다, 대단하다 했는데 설마 관리자를 쓰러뜨릴 줄이야. 과연 그분의 관심을 받을 만한 인재시군요.

그것은 보너스 시나리오에 들어올 때 대화를 나눴던 그 존재였다.

갑작스러운 대화에 동요한 것도 잠시…….

'사적인 대화는 월권행위라고 하지 않았나?'

─오, 물론이에요. 하지만 안심하셔도 됩니다. 지금의 대화는 그분의 허락이 있기에 가능한 일이니까 말이죠.

전에는 몰랐으나, 이제는 그분이 누구를 말하는 것인지 파악하는 건 어렵지 않은 일이었다.

하지만 그 부분에 대한 티를 낼 순 없다.

오르비스의 안배는 그 누구도 모르는, 오직 그만의 비밀로 남아 있어야 했다.

다행히 이 모든 것을 계획한 플라스마가 현신하지 않는 이상 이곳의 전지전능한 존재들도 마음을 읽을 순 없다.

그것이 이 세계의 절대적인 법칙 중 하나였으니 말이다.

'용건은?'

속에 품은 생각을 내색하지 않으며 물었다.

―알림으로 들었겠지만, 이제 한정훈 입문자님은 이곳에 소속된 입문자들의 생사여탈권을 쥐게 되었답니다. 현재 남아 있는 입문자의 수는 321,557. 그들을 이곳에서 추방할 수도, 죽일 수도, 살릴 수도 있습니다. 자, 한정훈 입문자님은 남은 321,557명에 관한 처분을 어떻게 하시겠습니까.

마치 어린아이에게 장난감을 쥐어 주듯 말한다.

그들에게는 30만 명이 넘는 입문자들의 목숨은 그 정도의 가치밖에 하지 않는다.

'나도 마찬가지겠지.'

아니, 똑같진 않을 것이다.

다르다고 해 봐야 조금 더 아끼는 장난감일 뿐.

그것이 못내 짜증나고 열 받는다.

'지금은 장난감에 불과하지만, 어디 그 잘난 계획이 다 백짓장처럼 변해도 그렇게 생각할 수 있는지 두고 보마.'

지금은 이빨을 숨겨야 할 때다.

뭉뚝한 송곳니로 물어 봐야 아프지 않다.

벼르고 별러, 날카롭게 다듬은 송곳니가 되어서야 비로소 물 수 있는 것이다.

'전부 살릴 거야. 321,557명 모두 7막으로 넘어간다.'

그 시작은 죽었어야 할 22만 명의 입문자를 살리는 일이었다.

"경, 일어나십시오. 시합 시간이 다가옵니다."

희미한 의식을 뚫고 낯선 음성이 파고들었다.

눈을 뜨고, 흐릿하던 사물이 점차 또렷해질 무렵 주변을 둘러봤다.

간이로 마련된 천막 안엔 각종 무구를 비롯해 실생활에 필요한 여러 도구들이 가지런히 놓여 있다.

그리고 눈앞에 공손하게 허리를 숙인 소년.

'여긴.'

낯선 곳, 그리고 낯선 소년.

처음 떠오른 것은 의문이었다.

하지만 이내 그 의문은 사라졌다.

오르비스의 마지막 안배가 그의 머릿속에 존재한다.

찰나에 불과한 순간 이곳이 어디고, 또한 자신이 어떤 상황에 처해 있는지 확실히 깨달을 수 있었다.

'관리자를 죽인 활약도가 반영됐나 보군.'

현재 정훈은 7막의 무대에 도착한 상태였다.

이 무대의 특징이라 한다면 전 무대, 즉 보너스 시나리오의 활약에 따라 시작 지점이 달라진다는 것이다.

뛰어난 활약을 보였다면 높은 지위에서 시작할 수 있다.

물론 반대로 활약도가 미비하다면 그만큼 미천한 지위를 얻는다.

그의 경우 관리자를 처치해 시나리오의 법칙을 아예 깨부수어 버렸지만, 그것도 활약으로 인정받아 최고의 시작 지점을 배정받을 수 있었다.

그것은 카멜로의 아서왕 휘하의 기사, 마지막 열세 번째의 원탁의 기사를 정하는 시합이었다.

"얼마나 남았지."

예고도 없는 역할 놀이에도 한 점 흔들림이 없다.

마치 처음부터 알고 있었던 것처럼 태연하기 그지없었다.

"정확히 31분 남았습니다."

"알겠다. 그만 물러가라."

"예, 예에?"

담담한 그 말에 정훈의 담당 시종은 당황한 표정을 지을 수밖에 없었다.

본래 그의 역할은 혼란에 빠진 입문자에게 현재 시합에 관한 이야기를 해 주는 것이었다.

그런데 이 막무가내 입문자는 묻지도 따지지도 않고 물러가란다.

어이가 없을 수밖에 없었다.

"시합에 관한 설명이 필요하지……."

"필요 없어. 그리고 다신 찾을 일이 없을 테니 어디 조용한 데 짱 박혀서 쉬고 있어."

단호한 그 말에, 잠시 당황해하던 시종이 고개를 숙였다.

"네. 알겠습니다."

어차피 그의 신분은 시종.

기사가 시키는 대로 할 뿐이었다.

처음 등장했을 때와 마찬가지로 공손히 허릴 숙인 후 등을 보이지 않은 채 뒷걸음질로 천막을 나갔다.

골똘히 생각에 잠긴 정훈은 시종이 나가는 걸 쳐다보지도 않았다.

다만 이제부터 해야 할 일을 차분히 정리하기 시작했다.

'우선은 장단에 맞춰주는 것도 나쁘지 않겠지.'

현재 그가 품은 가장 큰 목적은 많은 입문자를 살리는 것, 그와 동시에 그들을 휘하에 거두어들이는 것이었다.

솔직히 말하면 그들을 설득해 거두어들이는 건 무척 귀찮은 일이다.

죽이는 게 가장 싫지만 서로 죽고 죽이는 일은 빌어먹을 신들의 계획에 동참하는 꼴이 된다.

'게다가 녀석들을 살려 둬야 열쇠지기를 처리할 수 있으니.'

아무리 정훈의 무력이 대단하다 한들 열쇠지기를 홀로 상대하는 건 무리였다.

일전에 상대했던 동장군과 같이 다양한 패턴, 그리고 전술을 사용하기에 입문자들의 협조가 필수였다.

그 수가 많으면 많을수록 열쇠지기 공략이 수월하다.

그렇기에 정훈은 지금까지의 말살 정책을 버리고, 그들을 구원하는 일에 발 벗고 나선 것이었다.

─다음 시합을 시작하겠습니다. 한정훈 경, 그리고 나엘론 경. 시합장으로 입장해 주시기 바랍니다.

복잡한 생각을 정리하는 사이 30분이 지나 버렸다.

자신을 호명하는 안내에 곧장 자리에서 일어섰다.

─한정훈 경과 나엘론 경은 입장해 주십시오.

"와아아!"

원형의 콜로세움을 가득 채운 관중들이 요란한 함성을 내질렀다.

그와 함께 콜로세움의 끝, 서로 반대편의 입구가 열리며 두 사람이 모습을 드러냈다.

담담한 표정의 정훈과 온통 검게 물든 어둠의 일족, 나엘
론이었다.

'지구인? 이거 시작부터 운이 좋군.'

상대인 정훈을 본 나엘론의 입가에 미소가 그려졌다.

그가 상대한 수많은 이들 중에서도 지구인은 가장 나약한
종족이었다.

물론 이 자리에 섰다는 것 자체가 강자, 이전 시나리오에
서 활약했음을 의미하지만 그건 절대적인 게 아닌 상대적인
것이다.

운이 좋았거나, 아니면 시나리오에 묶인 녀석들이 하나같
이 약골이었을지 모른다.

–탈것에 탑승하기 바랍니다.

마지막 원탁의 기사를 가리는 시합은 고전적인 마상 시합
의 형태를 띠고 있으나 반드시 그게 말일 필요는 없다.

본인이 가지고 있는 최고의 탈것을 사용할 수 있다.

미리 준비하고 있었던 나엘론은 하얀 기운이 뭉친 손바닥
크기의 구슬을 하늘 높이 집어 던졌다.

"날아올라라, 천마天馬."

높게 올라간 구슬이 깨어지며 눈부신 빛을 뿌렸다.

그것은 이내 하나의 형상을 만들기 시작했고, 종래엔 빛의

날개를 펄럭이는 페가수수를 탄생시켰다.

'어떠냐. 이것이 내 탈것이다.'

메두사를 학살해 가며 운 좋게 얻을 수 있었던 페가수스다.

지금껏 많은 입문자들을 마주쳤지만 이보다 더 훌륭한 탈것은 보지도 못했다.

의기양양한 얼굴로 상대를 응시한다.

자, 어떠냐. 네 녀석의 볼품없는 탈것을 꺼내 보아라.

그의 표정은 그리 말하고 있었다.

'저 새끼 뭔데 기분 나쁘게 쳐 웃고 지랄이야?'

나엘론의 의미심장한 미소를 응시하던 정훈이 인상을 찡그렸다.

'설마……'

그러던 차에 한 가지 생각이 뇌리를 스치고 지나갔다.

'하, 나 참. 어이가 없어서.'

상황을 보건대 어딜 봐도 자랑이다.

어이가 없었다. 고작 천마 가지고 자랑을 하는 꼴이라니.

어차피 이길 거 적당한 녀석을 꺼내려던 생각을 바꿨다. 눈에는 눈, 자랑에는 자랑이 답이었다.

보관함에서 꺼낸 건 바람 소리가 들리는 영롱한 구슬이었다.

"휘날려라, 풍룡風龍."

휘오오오오.

그 순간 강렬한 바람이 장내를 휩쓸었다.

눈을 제대로 뜨기조차 힘든 강풍은 놀랍게도 형태를 띠고 있었다.

너무도 선명한 연녹색 기운이 정훈의 발밑으로 모여드는 그 순간이었다.

"캬악!"

간담을 서늘케 하는 괴성이 울려 퍼졌다.

"저, 저게 뭐야!"

"괴물, 괴물이다!"

"꺄아악!"

관중석에서 비명이 터져 나왔다. 아니, 놀란 건 관중들만이 아니다.

"드, 드래곤?"

만면에 가득한 미소는 사라졌다.

다만 부릅 뜬 두 눈으로 정면을 응시할 뿐이다.

놀랍게도 정훈이 소환한 건 드래곤이었다.

그 어떤 무기로도 뚫을 수 없을 것 같은 하얀 비늘에 거대한 날렵한 날개, 그리고 대기를 마시는 거대한 아가리까지.

그것은 6막에서 정훈의 손에 쓰러진 사대 마룡 중의 하나, 풍룡 우로보로스였다.

사대 마룡은 아이템뿐만 아니라 지극히 낮은 확률로 탈것으로 귀속되기도 한다.

운 좋게도 풍룡을 처치해 녀석을 귀속시킬 수 있었다.

"히히히힝!"

풍룡의 등장은 많은 것에 변화를 일으켰다.

그 첫 번째는 나엘론이 소환한 페가수스였다.

녀석은 놀란 듯 앞발을 쳐든 채 울음을 토했다.

"어, 어어. 왜 이래?"

갑작스러운 변화였다.

발광하는 페가수스를 진정시키려고 했지만, 좀처럼 말을 듣지 않는다.

그것만이라면 다행일 것이다.

불행하게도 페가수스의 형체가 희미해지고 있었다.

탈것으로 소환된 풍룡이 지닌 특별한 권능 때문이었다.

풍룡은 소환되는 즉시 피어를 내뿜는다.

이것은 다른 존재에겐 아무런 피해도 없으나 같은 탈것에 한해선 다르다.

소환자와 적대시하는 모든 존재의 탈것은 피어의 영향을 받게 되는데, 만약 이를 저항하지 못할 경우 강제로 소환이 해제된다.

"이런!"

나엘론이 낭패한 음성을 터뜨렸다.

점차 형체를 잃어버리던 페가수스가 마침내 소환이 해제된 것이다.

그 현상이 정훈이 소환한 풍룡 때문이라는 것을 깨달은 그는 마른침을 삼켜야만 했다.

대체 저 정도나 되는 탈것을 얻으려면 어떤 존재를 쓰러뜨려야 할까.

'아니, 그럴 리 없어. 고작 지구인이 무슨.'

머릴 흔들어 애써 부정했다.

상대는 지구인이다.

나약하기 그지없는 지구인이 자신이 하지 못한 일을 해낼 턱이 없지 않은가.

어둠의 일족이 어떤 종족인가.

태어날 때부터 죽을 때까지 피로 얼룩진 삶을 사는 전투 일족이다.

특히 그는 일족 중에서도 인정받은 최고의 투사 아닌가.

천 년, 아니, 만 년에 한 번 나올까 말까 한 재능이다.

그 누구도 자신의 앞에서 고개를 빳빳이 들고 있을 순 없다.

그건 다른 차원, 다른 종족이라고 해서 예외는 아니다.

'게다가 저 생김새는……'

6막에서 본 풍룡 우로보로스와 닮았다.

풍룡이라면 그도 부하들과 함께 공략에 성공한 녀석이었다.

운이 좋아 탈것을 얻었을 것이다.

물론 풍룡의 공략에 성공한 자라면 그 능력은 인정해야 할 터.

경시하던 마음을 조금이나마 버렸다.

강적이라 상정하고 최선을 다할 태세로 임했다.

새로이 적토마를 소환한 나엘론은 불멸급 창, 게이볼그를 쥐었다.

본래는 유물급에 불과한 무기였으나 쿠 훌린의 혼을 얻게 되면서 태고급으로 거듭날 수 있었다.

그의 마력이 주입되자 선홍빛 기운이 창신을 타고 뿜어져 나왔다.

그 모습을 힐끗 응시한 정훈 또한 용광검을 들었다.

─시합을 시작합니다!

마침내 시합을 시작하라는 안내가 귓가로 파고들었다.

"하압!"

말고삐를 힘차게 움켜진 나엘론은 검은 궤적을 그리며 쇄도했다.

어둠의 일족의 특기 중 하나인 흑섬黑閃이었다.

한계치의 근육을 운용해 평소보다 몇 배 빠르게 가속한다. 그야말로 한 줄기 검은 선이 되어 움직였다.

경시하는 마음을 버린 순간 최선을 다했다.

지금껏 그 누구도 따라잡지 못한 쾌속한 움직임이다.

그런데 이상한 건 정훈이 반응이었다.

용광검을 늘어뜨린 채 어떠한 행동을 취하지 않는다.

그가 움직인 건 나엘론이 지척까지 접근했을 때, 선홍빛 기운의 게이 볼그가 코앞까지 짓쳐들었을 때였다.

스팟.

창과 검이 교차했다.

서로를 스쳐 지나간 두 사람에게선 그 어떤 상처도 볼 수 없었다.

"허!"

멀리까지 움직인 나엘론이 허탈감에 가득 찬 신음을 내뱉었다.

마땅히 손에 있어야 할 무기가 없었다.

뒤를 돌아본 그의 시야로 게이볼그를 흔들고 있는 정훈의 모습이 들어왔다.

'도대체 언제?'

무기를 빼앗겼는데 아무것도 느끼지 못했다.

아무리 부정하려 해도 그것이 무엇을 의미하는지는 스스로가 가장 잘 알고 있었다.

압도적인 실력의 차이.

만약 상대가 죽이고자 마음먹었다면 무기를 빼앗겼던 것처럼 쥐도 새도 모르게 죽음을 맞이했을 것이다.

투투툭.

투구와 갑옷 등 몸에 걸치고 있었던 방어구가 갈라져 지면에 떨어졌다.

힘겹게 마련한 전설급 세트를 한 순간에 잃어버렸다.

하지만 지금 그의 심중엔 아이템이 들어올 자린 없었다.

'졌다.'

이 정도의 차이는 그 어떤 발악을 한다 해도 메꿀 수 없는 것임을 인정하지 않을 수 없었다.

패배를 수긍하기 위해 무릎을 꿇으려 했다.

"잠깐."

하지만 어느새 다가온 정훈이 그것을 만류했다.

"우리 아직 해야 할 이야기가 있잖아?"

옅은 미소를 띤 그 음성은 흡사 악마의 속삭임과 같았다.

Chapter 8

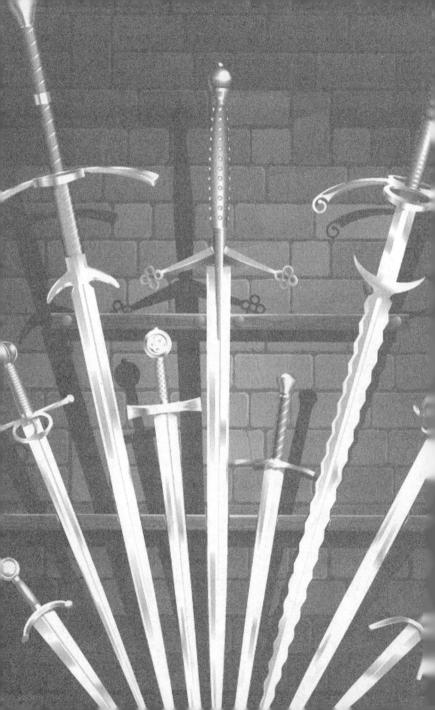

시합에 나오는 모든 입문자들은 보너스 시나리오에서 대단한 활약을 한 실력자들이었다.

능히 만부부당萬夫不當을 실현할 수 있는 1퍼센트의 강자.

하지만 그런 강자들도 정훈의 무력과 비교하면 피라미에 불과할 뿐이었다.

그의 압도적인 무력은 시합 시간을 30초 이상 끌지 않았다.

비록 사대 수장들에게는 미치지 못하나 하나하나가 이스턴의 최강자라 불리는 십존十尊, 그중에서도 최강으로 분류되는 검존劍尊의 명검이 부러졌다.

로스티아 대륙 최초로 단일 제국을 건설하는 데 성공한 영웅왕 칸티엘의 마검은 산산조각 나 허공을 수놓았다.

이외에도 혹한의 마녀 비루스, 광혈의 살인마 로트 등 수많은 강자들이 연이어 쓰러졌다.

이 압도적인 무력에 시합을 관전하는 관중들, 그리고 대다수 입문자들은 우승자를 정훈으로 생각하는 건 당연한 수순일 것이다.

적어도 그가 등장하기 전까지만 해도 말이다.

퍼억!

둔탁한 소리와 함께 튕겨져 나가는 이.

불꽃을 형상화한 붉은 로브를 두른 그는 마법의 전성기를 구가하는 차원, 라바라의 현자 쿠이안이었다.

다양한 속성은 다루지 못하나 화염 마법에 관해서만큼은 모든 차원의 마법사 중에서도 단연 최상위 클래스.

그의 손에서 불꽃이 일어날 때면 적어도 수백, 수천의 입문자들이 잿더미가 되곤 했다.

하지만 지금 그는 상대의 일격을 버티지 못한 채 날아가고 있다.

쾅!

경기장 벽 깊숙이 박혀 버린 쿠이안의 팔이 지면으로 떨어진다.

"우와아!"

함성이 터져 나왔다.

단연 정훈과 함께 우승 후보로 점쳐지던 이가 일격에 나가 떨어진 것이다.

관중의 환호와 함께 청의 무복을 털어 낸 사내가 경기장 밖을 빠져 나갔다.

–다음 시합을 시작하겠습니다. 한정훈 경. 그리고 운룡 경. 시합장으로 입장해 주시기 바랍니다.

어느덧 시합은 단 한 번의 경기, 결승만을 남겨 놓았다.

한정훈과 운룡, 둘 모두 압도적인 무력을 발휘하며 결승에 오른 진정한 강자들.

이제 단 한 경기를 통해 마지막 13의 원탁의 기사가 결정되는 셈이다.

긴장된 주변의 공기와 함께 두 사람이 경기장 안으로 발을 들였다.

심연처럼 깊게 가라앉은 정훈의 눈이 상대를 응시했다.

청의 무복 중앙에 그려진 생동감 넘치는 용.

그것이 상징하는 건 단 하나였다.

'신마의 제자.'

상대도 그렇겠지만, 그도 운룡의 경기를 지켜봤었다.

인정할 수밖에 없는 실력.

아무리 이스턴에 백사장의 모래알만큼 고수들이 널려 있다지만, 그 정도나 되는 고수는 흔치 않은 게 사실이다.

'적어도 신마의 제자 정도가 아니라면 불가능한 무력이지.'

같은 제자인 설화나 강룡과는 또 다른 차원이다.

불과 얼마 전까지만 해도 그 무력을 눈앞에 두었다면 두려움을 느꼈을지도 모른다. 그런데 지금은 태산처럼 마음의 동요가 없다.

절실하게 찾아온 한 번의 깨달음, 그리고 강제로 얻게 된 깨달음. 이 두 번의 깨달음을 통한 마음의 수양은 단순히 무력의 측면을 넘어선 심득을 선물했다.

그저 담담한 눈으로 시합이 시작되기를 기다릴 뿐이었다.

―지금부터 마지막 원탁의 기사를 가리는 시합의 경승을 시작합니다!

팟!

안내가 울려 퍼지는 것과 동시에 운룡이 신형을 날렸다.

"무극지도武極之道 제구 초식, 파천破天."

무극지도의 십 초식은 하나하나가 경천동지할 위력을 지니고 있으나, 그중에서도 후반부 삼 초식의 위력은 전, 중반부의 것과는 궤를 달리할 정도로 강했다.

운룡이 펼친 건 마지막 십 초식을 제외한 가장 강력한 권법인 파천. 하늘을 깨뜨린다는 뜻처럼 감히 표현할 수 없는 장력이 발생했다.

콰콰콰콰콰.

마치 중력이 수천만 배 증가한 것처럼 어마어마한 압력을 동반한다.

정훈의 실력을 알고 있었던 운룡이 처음부터 전력을 다해 초식을 펼친 것이었다.

쩌정, 쩌저정.

그 압력을 견디지 못한 지면에 거미줄과 같은 균열이 일었다.

"아!"

"끝났어……."

비록 영향권 내에 들어가 있지 않으나 모두가 똑똑히 느낄 수 있었다.

경기는 끝났다고.

이번 일격은 피할 수 있는 게 아니라고 말이다.

'역시!'

정훈 또한 그 위력을 실감했다.

과연 고금제일인이라 불리는 신마의 무공.

특히 깨달음을 얻고 난 뒤에는 위력 뒤에 감춰진 업業을 확실히 느낄 수 있었다.

하지만 감상은 그게 전부다.

두려움 따윈 없었다.

하늘을 깨뜨리는 위력?

그렇다면 나는 하늘을 벨 것이다.

웅웅웅.

용광검이 지닌 네 가지 속성을 모두 이끌어 냈다.

그것으로 충분치 않다.

거기에 정훈이 지닌 마력, 그리고 그간의 깨달음을 통해 얻은 심득을 담았다.

천중天中에 둔 용광검을 가볍게 내리그었다.

스윽.

바람을 가르는 작은 소음이 울려 퍼지고, 정적이 장내를 지배했다.

그 누구도 입을 떼지 못했다.

다만 부릅뜬 두 눈으로 눈앞에 펼쳐진 광경을 응시할 뿐이었다.

하늘마저 무너뜨릴 위력이 소멸했다.

"어떻게?"

모두가 놀랐지만, 그중에서도 가장 놀란 건 전력을 다해 펼친 당사자 운룡이었다.

사부와 대사형을 제외하면 그 누구도 받아 낼 수 없을 거라 확신했던 공격이 무위로 돌아갔다.

그것도 담담히 펼친 일검에 의해서 말이다.

"……"

하지만 정훈은 그 어떤 대답도 하지 않았다.

다만 한 걸음, 한 걸음 묵직한 걸음을 뗄 뿐이었다.

'크다.'

자신을 향해 다가오는 정훈.

그의 걸음이 가까워질수록 느낄 수 있었다.

거대하다. 마치 태산이 걸어오는 듯했다.

지금껏 자신의 존재감이 작다고 생각해 본 적 없었다.

아니, 몇 번 있었다면 사부인 신마와 대사형이 그러했다.

하지만 그들은 논외의 존재가 아닌가.

적어도 같은 인간의 범주에 드는 이들에 한해선 최강이라
자부했었다.

그런데 그건 자만이었다.

지금 눈앞에 감히 견줄 수 없는 존재가 다가오고 있었다.

털썩.

결국 그는 그 무게감을 이기지 못한 채 무릎을 꿇었다.

"패배를 인정한다."

단 한 번의 공방에 불과하지만, 인정해야만 했다.

상대는 얼마든지 자신을 죽일 수 있었다.

굳이 이리 일을 벌이는 이유는 모르겠으나 더는 싸울 의욕
이 생기지 않았다.

—원탁의 기사 선발전. 그 우승자는 한정훈 경!

운룡이 패배를 인정함과 동시에 우승을 알리는 안내가 울려 퍼졌다.

하지만 정훈의 걸음은 멈추지 않았다.

느릿하게 걸어간 그는 운룡의 옆에 멈췄고, 상체를 숙여 그의 귓가에 대고 속삭였다.

"할 말이 있으니 7시 방향, 느티나무 아래로 와라."

툭.

어깨를 치고 지나간다.

패자는 승자의 말에 복종할 수밖에 없다.

적어도 이스턴의 무사들에게 이 말은 절대의 법칙과 같다.

의문 따윈 없었다.

사라지는 정훈을 응시하던 그는 곧장 몸을 날렸다.

환호성이 연이어 울려 퍼지는 경기장 밖.

7시 방향으로 가다 보면 수백 년 동안 그 자릴 지킨 거대한 느티나무를 볼 수 있다.

뜨거운 한 여름 많은 이들이 그늘이 되어 주던 그곳은 비교적 한산한 곳이었지만, 어찌 된 일인지 오늘은 방문객이 꽤 많았다.

수십의 인원. 화려한 무장으로 몸을 감싼 그들은 풍기는 기도 또한 예사롭지 않았다.

그런데 어딘지 모르게 익숙하다.

그도 그럴 게 조금 전까지 원탁의 기사를 선발하는 시합에 참가했던 이들이었던 것이다.

그것도 정훈에 의해 패배한 이들이 모여 있었다.

휘익.

날렵한 움직임으로 그들 사이에 안착한 이.

그는 조금 전까지 정훈과 원탁의 기사 자릴 놓고 대결을 펼치던 운룡이었다.

그를 확인한 이들의 눈에 이채가 스치고 지나갔다.

누군가는 그의 실력을 알고 있었고, 또 다른 누군가는 풍기는 기도를 통해 대단한 실력자임을 감지한 탓이다.

그리고 또 한 가지 사실.

그가 이곳에 와 있다는 건 결국, 정훈이 우승을 했음을 의미하는 것이었다.

"······."

모두 일면식이 없는 사이였기에 오고 가는 대화가 없었다. 그저 무거운 침묵만이 느티나무 아래를 지배할 뿐이었다.

그 무거운 침묵이 깨진 건 한 사람의 등장으로 인해서였다.

"빠짐없이 왔군."

그들 중앙에 나타난 한 사람. 누구도 눈치채지 못한 사이 무리에 섞인 그는 바로 정훈이었다.

'언제?'

놀란 심정을 감추기 어렵다.

운룡의 몸놀림도 예사롭지 않은 것이었으나 감지하는 건 어렵지 않은 일이었다.

하지만 정훈은 어떤가.

언제, 어떻게 왔는지조차 알지 못했다.

그리고 다시 한 번 떠올린다.

그는 자신들과 비교해 범접할 수 없는 실력을 지니고 있음을 말이다.

"궁금한 것도, 물어볼 것도 많겠지만, 질문은 허락하지 않겠다. 그리고 다들 시간도 없을 테니 본론만 간단히 말하지."

말을 끊고 좌중을 돌아보며 입을 연다.

"내 밑으로 들어와."

정훈의 목적이야 간단했다.

보다 많은 실력자들을 자신의 세력, 신살에 포섭하려는 것이다.

지금 이곳에 있는 이들 하나하나가 꽤 쓸 만한 전력이다.

게다가 그들뿐만 아니라 휘하의 세력을 거느리고 있는 이들이 대부분, 덩달아 그 모든 세력을 흡수할 수 있음을 의미하는 것이다.

별달리 손을 쓸 필요 없이 7막에 묶인 입문자 세력의 절반을 흡수할 수 있는 기회였다.

단호한 그의 말에 동요는 없었다.

어차피 이곳에 모이라고 할 때부터 어느 정도 그 목적을 짐작했던 것이다.

어처구니없는 제안이 아니다.

이 세계에서 강자는 약자를 부릴 충분한 자격이 있다.

"뭘 망설이겠습니까. 당신과 같은 강자의 밑이라면 기꺼이 따르겠습니다."

이곳에 있는 대부분이 강자를 숭상하는 일족이다.

그 때문에 아무런 거리낌 없이 정훈에게 복종을 맹세했다.

하지만 개중에는 망설이는 이들도 있기 마련.

불과 얼마 전까지만 해도 지배자로 군림하고 있다가 남의 밑으로 들어가는 게 영 속이 불편한 몇몇 이들이었다.

분위기를 살피는 듯 눈치를 보던 그들을 차갑게 응시하던 정훈.

스팟!

용광검이 춤을 추었다.

투투툭.

주인 잃은 머리가 지면을 굴렀다.

그것은 복종을 맹세하지 않고 눈치를 보던 이들이었다.

'약삭빠른 새끼, 그리고 눈치를 보는 놈들은 후에 분란을 일으키기 마련이지.'

쓸 만한 녀석을 찾는 것이지 기회주의자를 찾는 게 아니다.

언젠간 분란이 될 만한 싹은 미리 제거하는 게 정답이다.

복종을 맹세하지 않은 이들의 목을 베던 용광검은 오직 한 사람 앞에서 멈췄다.

"선택은?"

아무 말 없이 정훈을 응시하는 자는 운룡이었다.

눈치를 보는 게 아니다. 그의 눈동자 속에 비친 건 절망이었다.

"하하하!"

돌연 광소가 터져 나왔다.

"그대의 실력은 인정하는 바요. 하지만 고작해야 그 정도로 대사형이나 그분을 이기는 건 불가. 고작 그대조차 이기지 못하는 내가 무슨 살아갈 자격이 있겠소?"

한 치의 망설임도 없이 자신의 주먹으로 심장을 친다.

푸욱.

등으로 삐져나온 손아귀에서 펄떡거리고 있는 건 그의 심장이었다.

"크흐흐, 개미들끼리 뭉쳐 봐야 사자를 이길 수 없는 법. 나중에 죽으나 지금 죽으나 똑같다면 명예로운 죽음을 선택하……."

의미심장한 말을 내뱉던 그의 육신이 이내 쓰러졌다.

비록 정훈에겐 패했으나 그래도 입문자들 가운데선 손에 꼽을 만한 실력자의 허무한 죽음이었다.

너무도 갑작스레 이루어진 그의 죽음에 모두가 할 말을 잃었다.

그 정도나 되는 실력자가 도대체 무엇이 두려워 죽음이라는 벼랑에 발을 들이민 것일까.

대사형은 누구고 그분은 또 누구란 말인가.

장내에서 그 사정을 알 만한 이라면 정훈이 유일했다.

'대사형은 짐작하고 있었는데, 그분이라…….'

누군지 짐작하는 건 어렵지 않은 일이었다.

같은 사형제지간을 제외한 모든 이들을 아래로 내려다보는 그들이 '분'이라는 존칭을 사용할 존재는 하나뿐.

'신마가 살아 있군.'

용환과 그의 제자들을 통해서만 들을 수 있었던 이름.

설마 그가 생존해 있을 거라곤 생각도 못했지만, 운룡이 던진 단서를 놓고 보면 분명 살아 있음이 확실하다.

솔직히 믿기진 않는다.

그가 처음 강호에 이름을 알린 건 200년 전이다.

지금껏 살아 있다면 200세가 넘는 삶을 살고 있다는 뜻.

아무리 경지가 높아도 인간인 이상 노화를 막지는 못할 터였다.

어떻게 지금껏 살아 있는지 신기할 따름이었다.

'뭐, 언젠가는 만나게 되겠지.'

그 만남의 순간이 그리 멀지 않았다고 예감이 말하고 있었다.

이내 상념을 털어 버렸다.

언제 만날지 모르는 적보단 눈앞에 닥친 일을 해결해야 할 때였다.

시선은 바닥에 흘린 전리품으로 향했다.

'호오?'

예상 밖의 광경에 이채가 스치고 지나갔다.

그곳에 용환이 있었다.

그런데 1개가 아니다.

색색의 반지가 무려 7개나 지면을 구르고 있었다.

정훈이 제거한 신마의 제자는 열 번째와 다섯 번째.

하지만 운룡도 놀고만 있지 않았던 듯 여섯의 사제를 제거한 상태였다.

서열 두 번째의 강자였기에 어느 정도는 기대하고 있었던 게 사실이나 설마 다른 여섯을 모두 제거했을 것이라곤 상상도 못 했었다.

뜻밖의 횡재였다.

운룡이 지닌 1개 용환과 더불어 다른 6개의 용환을 손에 넣을 수 있었다.

용환龍環 : 구룡九龍

등급 : 태초

아이템
매니아

신마의 첫 번째 제자, 대사형이라 불리는 자의 것을 제외하면 모든 용환이 모인 셈이다.

비록 하나로 완성된 건 아니지만, 과연 태초급이라는 말이 아깝지 않을 훌륭한 효과를 자랑했다.

보상은 그 뿐만이 아니었다. 더불어 신마의 독문무공, 무극지도가 기록된 7개의 스킬 북을 획득할 수 있었다.

'하나하나가 대단한 무공이긴 하나, 이젠 내게 쓸모가 없다.'

아니, 모두가 쓸모없는 건 아니다.

능력치나 다른 부가적인 효과를 향상시켜 주는 패시브 스킬을 제외한 액티브 스킬은 더 이상 그에게 필요 없는 것이다.

두 번의 깨달음은 그에게 스킬을 초월할 수 있는 힘을 부여했다.

파천을 깨뜨렸던 천지 베기는 스킬이 아니다.

하지만 스킬을 능가하는 힘을 지니고 있었다.

동작 하나하나가 스킬이 된다.

정훈이 도달한 경지는 바로 그 정도의 지고한 경지였다.

물론 아직 완성 단계는 아니다.

명확한 형태를 갖춰야 할 필요성이 있지만, 그건 여유가 생길 때 할 생각이었다.

7개 책자를 바라보던 그는 보관함에 갈무리했다.

쓸모없는 것을 배워 낭비하는 것보단 필요한 이에게 챙겨 주려는 속셈이었다.

"대충 정리가 된 것 같군."

주위를 둘러본 정훈이 덤덤하게 말했다.

눈 깜짝할 새 각자의 차원에서 군림하던 이들이 목숨을 잃었다.

꿀꺽.

생존한 이들 또한 마냥 안심하진 못했다.

정훈이란 괴물의 심사가 언제 뒤틀려 손을 쓸지 알 수 없기 때문이다.

살고 싶다면 절대 복종해야 한다.

포식자 앞에 선 초식동물처럼 모두의 마음속에 절대적인 공포가 드리웠다.

정훈이 마지막 원탁의 기사를 뽑는 시합에서 활약하는 동안 준형 또한 눈앞에 들이닥친 일을 처리하느라 바빴다.

무려 관리자를 상대로 한 일전에서 꽤 활약을 보인 그다.

그렇기에 원탁의 기사 다음 지위인 적색대장에 임명될 수 있었다.

직책을 받은 그는 곧장 신살에 소속된 구성원들을 소집했다.

그런데 여기서 중대한 문제가 발생했다.

신살에 소속된 수는 무려 30만 명에 달한다.

그들 중엔 사소한 원한 관계나 본래 차원의 세력에 소속되어 있던 이들도 있었다.

7막에 모인 다른 많은 세력들이 그들의 소유권을 주장하고 나선 것이다.

이계의 암묵적인 법칙 중 하나가 원래 차원에 있던 일을 생각하지 않는 것이다.

그들은 명백히 억지를 부리고 있었다.

그럴 수밖에 없는 게 위협을 느꼈기 때문이다.

원래 10만 명만 생존해야만 했다.

하지만 정훈이 관리자를 쳐 죽이면서 신살의 구성 인원은 34만 명이나 되었다.

위협을 느낀 개는 짖기 마련.

그 어마어마한 수에 위협을 느낀 다른 세력들이 한데 모여 준형을 압박하고 있었다.

이에 준형은 원만한 합의를 위한 자리를 마련했고, 원형의 탁자에 모인 수뇌부들은 서로의 의견을 피력했다.

"계속 이렇게 억지를 부리실 겁니까?"

웬만해선 화를 잘 내지 않는 준형이 참지 못하고 자리에서 일어났다.

벌써 몇 시간째 지지부진한 토론을 거듭하고 있었다.

준형의 경우엔 절대 신살에 소속된 이들을 보낼 수 없다는 입장이었고, 상대는 반드시 데려가겠다고 고집을 피웠다.

억지라는 건 알지만 무려 일곱 세력이 모여 압박을 하는 통에 강력하게 밀고 나갈 순 없었다.

그래서 적당한 보상을 약속했다.

어차피 정훈을 통해 얻은 수많은 무구들이 있었기에 어느 정도의 지출은 상관이 없다고 판단한 것이다.

하지만 욕심은 욕심을 부르는 법.

억지를 무마하기 위해 꺼낸 보상보다 더 큰 것을 요구하기에 이르렀다.

이에 결국, 참다못한 준형이 강경한 태도를 보이게 된 것이다.

"아니, 왜 이렇게 흥분을 하실까? 정작 억지를 부리는 게 누군데."

"원래 우리 소속에 있던 이들을 원하는 것뿐이야. 이게 뭐가 잘못된 거지? 그리고 그딴 보상, 줘도 안 가져!"

"지금 한판 해보자는 겁니까?"

지금껏 비위를 맞춰 주던 준형이 돌변하자 자연스레 험악한 분위기가 연출되었다.

장내에 모인 이들의 수준은 입문자들 중에서도 최상위에 해당하는 것.

그들이 내뿜는 기세가 서로 얽혀들며 살을 따갑게 만들었다.

'아주 작정을 했구나.'

그 순간 준형은 깨달을 수 있었다, 이들에게 협상 따위는 없다는 것을.

가장 많은 입문자를 보유한 위험 세력을 제거하기 위해 동맹을 맺은 것이 틀림없었다.

'정훈 님은 왜 연락이 되질 않는 거지?'

지금껏 망설인 이유는 정훈에게 연락이 닿지 않았기 때문이다.

벌써 수십 차례 연락을 시도했지만 답장이 없다.

그 정도나 되면 변고가 생긴 게 아닐까 걱정해야 마땅하지만, 누가 누굴 걱정하겠는가.

정훈에게 변고가 생겼다고 생각하긴 힘들었다.

생각할 수 있는 유일한 몇 가지는…….

'일부러 무시하는 거든가 아니면 연락이 닿지 않는 특수한 지역에 있든가.'

아무리 심술궂은 사람이어도 일부러 무시까지 하겠는가.

결국, 결론은 연락이 닿을 수 없는 특수한 곳에 가 있다는 것.

정훈이 없다면 신살의 모든 결정권은 그에게 있다.

처음에는 어떻게든 좋게 넘어가려고 했지만, 그것도 선이 있는 법이다.

이 정도까지 나온다면 한판 해보는 수밖에.

비록 숫자에선 밀리더라도 구성원의 정예함에선 절대 밀리지 않는다.

준형이 막 이런 결심을 내비치려 할 때였다.

퍼억!

누군가 둔탁한 소리와 함께 쓰러졌다.

준형이 아니다.

그와 가장 가까운 사내가 형편없이 바닥을 뒹굴고 있었다.

"기습?"

"이것들이 한판 해보자 이거지?"

"다 죽었어!"

준형 쪽의 선제공격이라 여긴 이들이 무기를 빼내 들며 사납게 소리쳤다.

금방이라도 터져도 이상하지 않은 기세였지만 그 기세는 잠시 후 나타난 한 무리로 인해 씻은 듯이 사라졌다.

"이것들이 뭐하는 짓거리들이야?"

"감히 누구 앞이라고!"

회의장에 모습을 드러낸 이들은 이곳에 모인 일곱 세력의 수장들이었다.

아니, 그들뿐만이 아니다. 항간에 이름을 날린 최강자들이 수십이나 모여 있었다.

"대, 대체 이게 무슨……."

조금 전까지만 해도 연락조차 닿지 않던 수장들의 등장에 당황했다.

'뭐지?'

영문을 모르긴 준형도 마찬가지.

영민한 그도 상황이 어떻게 들어가는지 파악할 수 없었다.

털썩.

휘하의 수뇌부들에게 화를 내던 수장들이 돌연 무릎을 꿇었다.

양측으로 갈라진 그들은 한쪽 무릎을 꿇은 채 고개를 숙였다.

그것은 복종의 표시. 즉 자신을 낮추어 더 위대한 존재를 맞이하기 위한 준비였다.

저벅저벅.

그냥 평범한 걸음이다.

하지만 한 발, 한 발 뗄 때마다 묵직한 소리가 장내에 울려 퍼졌다.

문이 열리고 한 사람이 들어온다.

그 순간 준형은 이 모든 상황을 이해할 수 있었다.

불가해不可解의 존재.

바로 정훈이 방 안으로 들어오는 중이었다.

"여어, 잘 있었지?"

옅은 미소를 지은 그의 말에 준형 또한 웃어 보였다.

"장난이 지나치시군요."

"무슨 장난?"

눈을 동그랗게 뜬 채 어깨를 으쓱한다.

"아닙니다. 그나저나 절묘한 시간에 맞춰 등장하시는군요. 마치 주인공처럼."

"내가 원래 극적인 순간을 좋아하는 편이라서."

"하하, 그럼 주인공께서 이번 일을 정리해 주셔야죠."

"그러지."

옆으로 물러난 준형을 스쳐 지나가며 일곱 수뇌부들 앞에 섰다.

"뭐, 잘 들었다. 너희가 이렇게 모여서는 우리 애들을 괴롭혔다며?"

"그, 그건⋯⋯."

아직 상황 파악이 제대로 안 됐는지 연신 눈치 보기 바쁘다.

"눈알 굴러가는 소리 다 들린다. 아직 주제 파악을 못한 것 같은데."

딱!

정훈이 손가락을 튀기자 어느새 그의 앞에 부복하는 사내들이 있었다.

조금 전까지 준형을 압박하던 일곱 세력의 수장들이었다.

아니, 한 명은 정훈에 손에 죽음을 맞이했기에 여섯 세력의 수장이라 해야 할 것이다.

"지금 너희 애들이 우리 애들 괴롭히는데 어떡할까? 내가 처리할까, 아니면 너희 선에서 해결할래?"

"앞으로 다시는 이런 일이 생기지 않도록 조치해 놓겠습니다."

이마를 지면에 찧은 채 말한다.

그 광경은 지금까지의 모든 의문을 해소할 수 있는 것.

상황을 이해한 간부들이 몸을 부들부들 떨기 시작했다.

"한 번이야. 두 번의 기회는 없어. 알아서 잘 처리하도록."

"명심하겠습니다."

더욱 깊숙이 부복하더니 이내 몸을 돌린다.

"너희들, 따라와라."

눈빛으로 사람을 죽일 수 있다면 벌써 그들은 갈기갈기 찢겨져 죽었을 것이다. 그만큼 수장들의 분노는 대단했다.

"네, 네네."

그 수장과 간부들이 나가고 얼마 지나지 않아 뾰족한 비명이 회의실 내부까지 울려 퍼졌다.

다른 모든 것을 배제한 채 입문자 세력의 단일화를 추진한 정훈의 행보는 단시일 내에 빠른 결과를 내었다.

저항하는 일부를 제외한 모든 입문자를 휘하에 끌어들이는 데 성공한 것.

수많은 차원, 그리고 수많은 종족이 신살이라는 하나의 세력으로 거듭났다.

물론 그것이 가능했던 건 모두를 압도하는 정훈의 무력과 다른 선택지를 생각할 수 없는 공포 정치였다.

무릎 꿇지 않으면 죽는다.

그의 경고에 코웃음을 치는 이들도 있었다.

하지만 그 말을 새겨듣지 않은 이는 반드시 죽음에 이르렀다.

모든 것을 초월하는 힘.

감히 누가 있어서 저항할 수 있겠는가.

결국, 입문자들이 선택할 수 있는 건 굴욕적인 삶과 죽음, 둘 중 하나일 수밖에 없었다.

아니, 사실 굴욕적이라고 볼 수 없다.

어차피 힘의 논리가 지배하는 세상이었다.

약자는 강자에게 무릎 꿇고, 강자는 약자를 짓밟는다.

그것이 이 잔혹한 세계를 지탱하는 유일한 법칙이었다.

그간 생존해 왔던 대로 대다수의 입문자들이 정훈에게 충성을 맹세했다.

그것이 후일을 도모하는 것이든, 단지 무력에 굴복한 것이든 정훈에겐 하등 상관없는 일이었다.

내정은 타고난 리더십을 지닌 준형이 알아서 할 것이다.

그가 할 일은 단지 사람을 모으는 것.

그리고 의미 없는 충돌로 죽어 나가는 입문자들을 최대한 살리는 일.

그리고 열쇠지기를 소환하는 불가능한 조건을 달성하는 것이었다.

길게 이어진 타원형의 원탁.

그곳에 자리하고 있는 건 은색의 갑옷을 착용한 13인의 기사, 그리고 왕관을 쓴 금발의 중년인.

그들이 바로 카멜롯의 가장 높은 자리에 있는 아서 왕과 그를 따르는 원탁의 기사 13인이었다.

"반역자 랜슬롯과 귀네비어의 행적이 노르탄에서 발견됐습니다. 추격을 뿌리치고 도주하긴 했으나 근방을 포위하고 있는 바, 멀리 도망가진 못했을 겁니다. 지금이 반역자를 잡을 절호의 기회입니다."

이글이글 타오르는 눈빛.

붉게 칠해진 갑옷 사이로 드러난 근육이 요동친다.

제1의 기사 가웨인. 아서왕의 오른팔이자 가장 충직한 기사였던 랜슬롯이 왕비인 귀네비어와 야반도주를 하게 되면서 원탁의 구심점이 된 인물이었다.

오랜 친구이자 라이벌이기도 했던 랜슬롯을 생각하는 그의 눈길엔 오직 분노만이 자리하고 있었다.

그럴 수밖에 없는 게 귀네비어의 불륜 현장을 목격한 그의 동생, 가레스, 가헤리스, 아그라베인 모두가 죽임을 당했기 때문이다.

믿었던 친구였기에 더욱 용서할 수 없었다.

지금 그가 살아가고 있는 단 하나의 목표는 도주한 랜슬롯과 더러운 정을 통한 귀네비어를 찢어 죽이는 것이었다.

"정녕 그들에게 벌을 내려야만 하는가."

침묵 속에서 중후한 음성이 울려 퍼졌다.

충직한 기사와 아내를 잃은 아서 왕은 회의에 잠겨 있었다.

비록 큰 죄를 저질렀다곤 하나 두 사람 모두 그에게 있어서 소중한 사람들이었다.

명백한 죄를 지었기에 추격을 명하긴 했으나 내심은 어디론가 숨어 행복하게 잘 살기만을 바랐다.

오랜 전쟁과 정치는 패기 넘치던 젊은 왕을 삶에 지친 중년인으로 만들어 놓았던 것이다.

"그 무슨 말씀이십니까, 폐하. 왕궁의 법도를 어지럽히고 동료였던 원탁의 기사들을 셋이나 살해한 중 범죄를 저지른 자입니다. 결단코 잡아들여 죄를 물어야 합니다."

가웬인이 직접 나설 필요가 없었다.

즉각 그 말에 반발한 것은 왼쪽 팔이 횅한 기사. 가장 오랜 시간 동안 아서 왕을 보필한 외팔이 기사 베디비어였다.

점차 노쇠하는 아서 왕의 모습을 바라보며 적잖이 불편하던 차였다.

그렇기에 이번 사건을 통해 예전의 그 패기 넘치던 왕으로 돌아오길 바랐다.

"가웨인 경과 베디비어 경의 말이 옳습니다."

"그들에게 합당을 벌을 내리지 못한다면 모두가 우릴 비웃고 손가락질할 겁니다."

회의에 찬 아서 왕과 달리 모든 원탁의 기사들이 랜슬롯과 귀네비어의 처벌의 합당함을 주장했다.

"하면 그대의 생각은 어떤가, 한정훈 경."

아서 왕의 시선은 원탁의 가장 끝, 조용히 자릴 지키고 있는 정훈에게 향했다.

새로이 원탁의 기사가 된 인물. 랜슬롯이나 귀네비어와 하등 연관이 없는 그였기에 새로운 의견을 낼 수도 있을 거라 생각한 것이다.

그 순간 장내 모든 기사들의 시선이 정훈에게 꽂혔다.

결단코 호의적인 시선은 아니다.

심지어 몇몇 이들의 눈엔 강한 적개심마저 보였다.

어찌 보면 당연한 일이다.

원탁의 기사가 무엇인가.

아서 왕과 함께 왕국의 대소사를 정하는 중대한 발언권을 지닌 최고의 위치다.

그런데 어디서 들도 보도 못한 잡놈이 떡하니 그 자릴 차지했으니 성이 차지 않을 수밖에.

'혹여 딴소리라도 했다간 가만히 있지 않을 것이다.'

적의 어린 그 시선을 감내해야 하는 정훈의 얼굴은 줄곧 담담했다.

"잘못을 했다면 그에 합당한 벌을 받아야 하는 법이 아니겠습니까."

마침내 입에서 떨어진 그 말에 원탁의 기사들은 화색을, 아서 왕은 실망어린 기색을 감추지 못했다.

"하지만 그 죄를 묻기 전에 그들의 말도 들어 봐야 하지 않겠습니까. 당장 그들의 목숨을 빼앗을 게 아닌, 생포하는 쪽이 더 좋을 것 같습니다만."

"어허!"

자리에서 일어난 가웨인이 삿대질을 시작했다.

"그대가 무엇을 아는가. 랜슬롯을 생포해? 어림없는 소리. 그는 같은 원탁의 기사 세 명을 살해할 정도의 실력자. 생포하려 했다간 이곳에 있는 이들 중 절반은 목숨을 잃고 말 것이오."

죽이는 것보다 생포를 하는 게 배는 힘들다.

특히 랜슬롯의 경우엔 감히 카멜롯 제1의 기사라 불러도 손색이 없는 굉장한 실력자였다.

아니, 그 혼자만이었다면 어느 정도는 생각할 수 있는 여지가 있었을 테지만……

"귀네비어의 주술呪術도 무시할 수 없소. 그녀의 힘은 자연재해와 맞먹는 정도. 이 두 사람을 생포하는 건 불가능에 가까운 일이란 걸 경은 모르고 있단 말이오?"

"잘 알고 있습니다."

"잘 알고 있다? 그런데 어찌 그런 망발을 내뱉는 것이오."

"그들보다 제가 더 강하기 때문입니다."

날선 설전을 벌이던 가웨인은 일순 할 말을 잃고 말았다.

자신의 귀를 의심할 수밖에 없었다.

"지금 그대가 우릴 능멸하려는 것인가!"

분노한 가웨인이 맹렬한 기세를 뿜어 댔다.

가웨인은 시간이 정오에 가까울수록 더욱 강력한 힘을 발휘하는 신비한 특성을 지니고 있다.

지금은 햇빛이 가장 강한 정오.

그가 방출하는 기세는 무려 입신의 경지에 달한 것이었다.

"감히 여기가 어디라고!"

"우리가 안중에 없단 말이냐!"

가웨인뿐만이 아니다.

한낱 입문자 출신의 기사 따위가 내뱉는 망발에 모든 기사들이 날카로운 기세를 뿜어 댔다.

7막에서도 손꼽히는 능력치를 지닌 이들이다.

그들이 한꺼번에 방출하는 기세는 마치 폭풍과도 같이 정훈을 압박했다.

'시원하네.'

범인에겐 폭풍이 될 수 있으나 정훈에겐 그저 불어오는 미풍일 뿐이었다.

"폐하, 아무래도 이들이 절 업신여기는 것 같습니다. 감히 저들에게 결투를 신청해도 될는지요."

엄청난 기세에도 아랑곳하지 않는다.

그 모습을 바라보던 아서 왕의 눈동자에 이채가 스치고 지나갔다.

이윽고 무언가 말하려던 그때…….

철썩.

어디선가 날아온 하얀 장갑이 정훈의 뺨을 쳤다.

"기사 가웨인, 그대에게 정식으로 결투를 신청하는 바다."

하얀 장갑을 던져 상대의 얼굴을 맞혔다.

그것은 고대 기사들의 결투 신청 방식.

물론 이를 받아들이는 자는 떨어진 장갑을 줍기만 하면 된다.

하지만 먼저 도발을 자행한 정훈은 장갑을 줍질 않았다.

무심한 눈동자가 장내를 훑는다.

'갈 데까지 갔군.'

왕의 허가도 없이 먹대로 결투를 벌인다.

그만큼 화가 났다는 증거이기도 하지만 이것이 나타내는 바는 하나.

왕권의 몰락이다.

한때는 위대한 왕으로 수많은 전쟁을 승리로 이끌며 모든 이들의 존경을 받아 왔던 아서지만, 지금 그는 충직한 기사에게 배신을 당한 건 물론 자기 마누라 하나 챙기지 못한 등신으로 전락했다.

세간의 평가만이 그런 게 아니다.

이미 기존 원탁의 기사 내부에서도 아서 왕에 대한 성토가 심심치 않게 올라오고 있는 상황이다.

그렇지 않아도 모든 일에 회의를 느끼고 있던 아서 왕.

지금 그에게 존재를 어필할 수 있는 절호의 기회가 왔다.

"하나만 가지고 되겠습니까. 적어도 12개는 되어야 싸울 맛이 나지."

"이놈!"

결국, 가웨인의 분노가 폭발했다.

동생들의 죽음으로 분노조절장애를 앓고 있던 그는 감히 왕의 면전에서 칼을 빼어 들며 덤벼들었다.

그럼에도 누구도 말릴 생각을 하질 않는다.

아서 왕의 현 위치를 확인할 수 있는 부분이었다.

퍽!

둔탁한 소리와 함께 한 사람이 쓰러졌다.

당연히 그는 정훈이었어야만 했다.

랜슬롯을 제외하면 가장 강력한 기사가 아닌가.

게다가 지금은 정오로 그의 힘이 가장 왕성할 때.

랜슬롯과 비교해도 결단코 밀리지 않는 상태였다.

"어엌!"

"가웨인 경!"

하지만 쓰러진 건 정훈이 아닌 가웨인이었다.

언제 날아왔는지도 모를 주먹에 턱이 돌아간 그는 그대로 지면에 몸을 뉘었다.

치열한 결전도 아닌, 고작 한 방에 승부가 났다.

도대체 이 상황을 어떻게 설명할 수 있을까.

"그러게 말하지 않았습니까. 하나로는 부족하다고. 나머지 잔챙이 기사님들도 덤비시죠."

단순히 손을 까닥거렸을 뿐인데도 그 행위에는 묘한 힘이 있었다.

차챵.

각자의 무기를 빼어 든 기사들이 동시에 달려들었다.

쓰러진 가웨인을 제외한 베디비어, 케이, 퍼시벌, 라이오넬, 보어스, 트리스탄, 브루노어, 헥터, 로엔그린, 캐러독, 그리고 베이린. 숱한 전설을 남긴 11인의 원탁의 기사가 전력을 개방해 검을 휘둘렀다.

물끄러미 그 광경을 바라보고 있던 정훈이 한 일이란 그저 용광검을 횡으로 베는 것뿐이었다.

파캉!

"허어!"

"이, 이것이……."

허탈한 심증을 나타내는 비명이 곳곳에서 터져 나왔다.

비록 엑스칼리버에 비할 바는 아니지만, 그래도 명검의 반열에 속하는 그들의 무기가 모두 두 동강이 난 것이다.

그것도 아무런 기운도 느끼지 못했다.

정말 가볍게 휘두른 일검에 의해 일어난 일.

도무지 믿을 수 없는 광경이었다.

"이런 것들을 기사라고."

가벼이 중얼거린 정훈의 신형이 흐릿해졌다.

퍼퍼퍽.

시간과 공간의 영역을 초월한 움직임.

맹렬하게 움직인 손과 발이 11인의 기사들에게 틀어박히고, 어김없이 그 자리에 쓰러졌다.

가웨인을 비롯한 모든 원탁의 기사들이 쓰러지는 데 필요한 시각은 고작 1분에 불과했다.

"대단하구나."

모두를 내려다보는 오만한 자세로 꼿꼿이 선 정훈을 바라보던 아서 왕이 감탄을 내뱉었다.

많은 영웅들을 봐 왔지만, 정훈과 같이 압도적인 힘을 지닌 이는 단연코 처음이었다.

"폐하, 한 가지 드릴 청이 있습니다."

모든 기사들이 쓰러진 마당에 어찌 그 말을 듣지 않을 수 있을까.

"말해 보라."

정훈은 아서 왕의 말에 곧바로 입을 열었다.

"제게 왕위를 계승해 주시지 않겠습니까."

7막의 관리자이자 해방의 열쇠 파편을 지닌 열쇠지기.

그를 소환하기 위해선 반드시 카멜롯의 왕이 될 필요가 있었다.

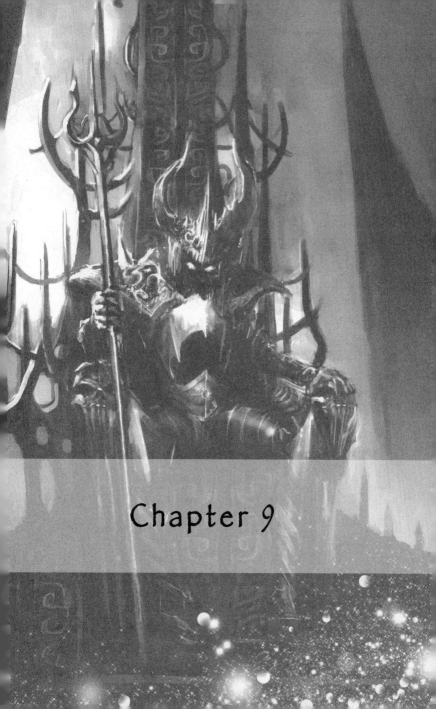

Chapter 9

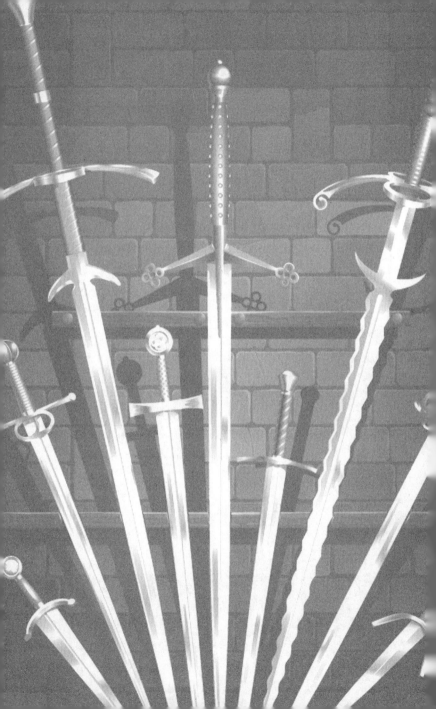

"왕위를 물려 달라?"

분명 조금 전까지 아서 왕은 회의감에 젖은, 지나가는 세월을 바라만 보는 나약한 중년인일 뿐이었다.

하지만 지금은 어떤가.

몸에서부터 줄기줄기 뿜어져 나오는 기운은 폭풍처럼 장내를 잠식했고, 빛이라도 뿜어져 나올 것처럼 강렬한 안광을 드러냈다.

"결국, 네 녀석도 왕위를 노린 것이었느냐."

그리 말하며 왕좌의 옆에 비스듬히 세워져 있던 검을 집는다.

화려하지 않은, 고풍스런 외관의 검집.

그것은 아서 왕의 상징이라 할 수 있는 엑스칼리버였다.

스릉.

청명한 소리와 함께 모습을 드러낸 건 검이 아닌 태양이었다.

강렬한 황금빛 색채가 터져 나오며 정훈의 시야를 어지럽혔다.

안광을 태워 버릴 것 같은 빛에 다급히 눈을 감아야만 했다.

그 순간 아서 왕이 왕좌를 박차며 몸을 튕겼다.

모든 게 머릿속에 그려 넣은 예상대로다.

엑스칼리버가 지닌 고유의 특성을 이용해 찰나의 틈을 놓치지 않고 그대로 검을 휘둘렀다.

카앙!

눈을 감은 채로 그 검격을 막았다.

보이는 건 없으나 심안心眼은 어떤 상황에서도 어둠에 물들지 않는다.

깨달음을 통해 더욱 예리해진 그의 심안은 눈을 감아도 뜬 것처럼 환히 주변을 바라볼 수 있었다.

아니, 오히려 보이지 않는 것까지 볼 수 있는 굉장한 능력이었다.

카카캉!

재차 휘두르는 아서 왕의 엑스칼리버가 번번이 막혔다.

마치 예지를 하는 것처럼 미리 휘두를 궤적이 보인다.

미세한 기의 흐름, 공기의 떨림, 그 모든 게 예상 궤적을 그려 주고 있었다.

"위대하신 왕이라는 소문과는 달리 비겁한 면도 있으십니다, 폐하?"

"감히!"

정훈의 비아냥이 아서 왕의 분노를 이끌었다.

가진 바 있는 힘을 모두 쥐어짜 내어 일검에 담았다.

쿠아아아.

성스러운 황금빛 물결.

찬란하고 아름다운 광경이나 그 안에 담긴 위력은 모든 것을 파괴하고도 남을 정도였다.

"고작 이게 다라면 실망입니다, 폐하."

입신의 끝에 다다른 능력치, 거기에 태고급에 해당하는 진 엑스칼리버의 권능이다.

하지만 정작 그 대상이 된 정훈은 태연한 데다 상대를 도발할 여유까지 있었다.

벤다.

황금물결을 향한 의지가 일자 그것은 곧 현실이 되었다.

혼돈을 품은 용광검이 일자를 그리자 모든 것을 집어삼킬 듯 다가오던 황금물결이 소멸되었다.

마치 처음부터 존재하지 않았던 것처럼 깨끗하게.

"허어!"

놀란 아서 왕이 바람 빠지는 소릴 냈다.

전력을 다한 검이었다.

그런데 어찌 이리도 허무하게 소멸할 수 있단 말인가.

지금이 전투 상황이라는 것도 잊은 그가 망연자실한 눈으로 정훈을 응시했다.

"폐하, 이제 검을 놓으실 때가 된 것 같습니다."

"무, 무엇이?"

뭐라 말을 하려고 했으나 채 내뱉지 못했다.

눈치도 채지 못한 사이 다가온 정훈의 발차기가 손목을 강하게 쳤다.

"크윽!"

예상치 못한, 손목이 끊어지는 듯한 고통에 쥐고 있던 엑스칼리버를 놓치고 말았다.

지면에 떨어진 충격으로 팽그르르 돌아가던 검을 정훈이 주워 들었다.

태고급, 그것도 최상위의 권능을 지닌 엑스칼리버를 획득하는 순간.

하지만 정훈에겐 그 어떤 기쁨의 감정이 없었다.

무심한 눈이 향한 곳은 아서 왕.

그리고 놀라운 광경을 목격할 수 있었다.

"으어어."

고통에 찬 신음을 내뱉은 아서 왕의 몰골이 변해 간다.

40에 이르렀으나 여전히 탱탱함을 유지하고 있던 피부는 급격히 노인의 것처럼 주름이 지고, 태양과도 같은 강렬한 안광의 눈동자는 썩은 동태처럼 탁하게 물들었다.

변화는 순식간이었다. 영웅왕이라 불러도 손색이 없을 아서 왕은 어느새 늙고 병든 노인이 되어 있었다.

스윽.

그 모습을 잠깐 바라보고 있던 정훈이 오른쪽의 빈 공간을 향해 용광검을 휘둘렀다.

"흐읍!"

분명 아무것도 없었던 공간에서 다급한 외침이 터져 나왔다.

"숨어서 지켜보는 건 여기까지."

공간이 움직였다. 아니, 주변 환경과 이질적인 공간은 점차 하나의 형상을 만들었다.

"어떻게 알았지?"

마침내 모습을 드러낸 건 보랏빛 일색의 로브를 걸친 노마법사였다.

신선처럼 하얀 수염을 허리까지 가슴 언저리까지 기르고 있는 그의 정체는…….

"그래도 왕국의 대마법사가 쥐새끼 같은 버릇을 가지고 있군. 그렇지 않나, 멀린?"

대마법사 멀린.

한낱 시종에 불과했던 아서를 지금의 위치로까지 끌어올린 입지적인 인물.

훌륭한 조언가이자 미래를 예측하는 신비한 힘으로 카멜롯 왕국의 태평성대를 오래 도록 유지시킨 마법사로 알려져 있다.

하지만 정훈의 머릿속에 입력된 멀린은 그와는 전혀 다른 인물이었다.

비범한 태생이나 능력은 평범한 아서를 왕으로 이끈 건 맞다.

단지 그 과정이 일반적인 것과는 궤를 달리하는 것이라 문제라 할 수 있을 것이다.

본디 팬드래건의 조언자였던 멀린은 공작부인을 탐내 하는 그를 부추겨 아서라는 사생아가 태어나도록 만들었다.

주공을 위한 충심이 아니다.

그가 아서를 태어나게 한 건 왕족의 핏줄을 얻기 위함일 뿐이었다.

신의 저주를 받아 왕이 될 수 없는 운명을 타고난 멀린은 고귀한 혈통을 지닌 꼭두각시를 내세워 본인이 장악하려는 계획을 꾸미고 있었던 것이다.

결과는 성공적이었다.

우매한 백성들은 위대한 왕 아서를 연호했고, 그 밑으로는 훌륭한 인재들이 벌떼처럼 모여들었다.

물론 은막 뒤에 숨어 이를 조종한 건 멀린이었다.

왕과 수많은 기사들을 발아래 두었다.

비천한 출신에 불과한 멀린에게 이것은 더 할 나위 없는 쾌락이었다.

하지만 아무리 대단한 마법사도 굴러가는 운명의 수레바퀴를 바꿀 순 없었다.

꼭두각시에 불과한 아서 왕의 미련함이 드러났다.

충직한 기사를 휘어잡지 못하고, 아내에게도 버림받았다.

휘하의 기사들은 더는 위대한 왕으로 여기지 않고 자신들이 그 위에 서고자 했다.

꼭두각시의 역할일 끝났다고 여긴 멀린은 모종의 계획을 위해 자취를 감춘 척했지만, 이 모든 걸 알고 있는 정훈에 의해 정체를 드러낼 수밖에 없었다.

"내가 누군지 알고 있음에도 그따위 건방진 태도라니. 죽음이 두렵지 않나 보구나."

12인의 원탁의 기사, 게다가 꼭두각시라곤 하나 마법에 의해 강력한 신체 능력을 지닌 아서 왕까지, 이 모든 이들이 당했다.

하지만 멀린은 그런 제반 상황에 전혀 아랑곳하지 않았다.

그는 수백 년을 살아온 대마법사.

그 신비한 힘은 세상의 그 어떤 존재와도 비견될 수 없다.

쿠쿠쿵.

멀린의 가벼운 손짓에 장내의 중력이 바뀌었다.

수만 배가 넘는 중력이 정훈을 내리 눌렀다.

"합!"

몸 안의 기운을 한데 모아 방출시킨다.

그것은 스킬이 아니다.

하지만 그 어떤 스킬도 소멸시킬 수 없었던 중력의 감옥을 순식간에 벗겨냈다.

"과연, 비범한 재주를 지니고 있구나. 하나 어림없는 일!"

중력 마법이 무위로 돌아갔으나 신경도 쓰지 않았다.

그는 모든 속성 마법을 깨우친 대마법사다.

고작 하나의 마법이 실패로 돌아갔다고 해서 실망할 일은 없다.

주문을 외울 영창 따윈 필요 없었다.

의지를 일으키는 것만으로 마력이 꿈틀거리며 강력한 위력의 마법의 형상을 만든다.

슈와왁.

색색의 작은 입자가 주변에 생성되었다.

그 수는 헤아릴 수 없을 정도로 많았다.

이는 멀린이 자랑하는 마법 중 하나인 오행폭발이었다.

5개 속성의 마법을 수도 없이 생성하여 목표를 소거한다.

색색의 작은 입자 하나하나에 담긴 위력은 능히 성을 허물 정도.

그런데 그것이 수십만 개가 되어 눈앞에 나타났으니 그 위력을 짐작하는 건 불가능한 일이었다.

"어리석은 이여, 영원히 사라져라!"

멀린이 손을 까닥거리자 유유히 공중을 부유하고 있던 입자들이 정훈을 향해 들이닥쳤다.

그 순간 정훈은 고도의 집중력을 발휘하고 있었다.

두 번의 깨달음을 통해 얻은 심득.

그중에는 시간을 초월하는 능력도 있었다.

집중을 통해 그 권능이 서서히 개방된다.

시간이 멈춘다. 아니, 멈췄다 생각될 정도로 느리게 흘러간다.

그 속에서 자유롭게 움직일 수 있는 건 정훈밖에 없었다.

사방을 가득 메운 오행의 기운을 바라보며 용광검을 휘두른다.

하나, 둘, 셋, 수백, 수천, 수만, 수십만.

분명 느릿하게 움직였는데도 얼마 지나지 않아 모든 입자들을 베어 냈다.

그와 함께 멈췄던 시간이 정상으로 돌아왔다.

"……."

이 믿을 수 없는 광경에 멀린을 할 말을 잃어야 했다.

가볍게 검을 휘두르는 순간 오행의 기운이 소멸되었다.

그 움직임은 대마법사인 그 조차도 파악할 수 없는 영역의 것.

'이 녀석은 위험하다.'

아직 모든 실력을 다 드러내진 못했으나 그 차이를 실감하는 건 어렵지 않은 일이었다.

이대로 전투를 이어 간다면 필패다.

본능적으로 그것을 느낀 멀린이 의지를 발현하고자 했다.

쉬익.

바람을 가르며 용광검이 쇄도한다.

아무리 그라도 공간을 이동하는 마법을 위해선 아주 약간의 시간이 필요하다.

하지만 지금 이대로 의지를 일으켰다간 목이 달아나고말 터.

카가각.

재빨리 바람의 방패로 경로를 막았다.

눈앞의 위기를 넘기긴 했으나 이런 상황은 계속 그를 괴롭혔다.

공간 이동 마법을 사용하기 위한 시간을 벌 수 없다.

그저 막는 데만 급급한 상황이었다.

"이놈!"

분노한 그의 공중에 머무르다 이내 비처럼 쏟아졌다.

마력의 비.

원하는 반경 내에 있는 모든 적을 쓸어 버리는 강력한 위력의 마법이었다.

하지만 정훈에겐 소용없는 일.

그보다 더 강력한 오행폭발도 손쉽게 막아 낸 그였다.

용광검이 움직이자 일시에 모든 마력이 소멸했다.

'지금!'

하지만 멀린이 노린 건 공격의 성공이 아니었다.

공간 이동 마법을 발휘할 시간이 없다면, 마법 물품을 이용하면 되는 것 아닌가.

왼손 약지에 낀 반지를 한 바퀴 돌렸다.

반지에 깃든 마법이 발동하며 그의 존재가 그곳에서 사라졌다.

"으음."

본인의 마력이 아닌, 마법 물품으로 인한 부작용으로 잠시간의 현기증이 일어났다.

균형을 잃고 비틀대던 멀린은 이내 이마를 부여잡고 간신히 몸을 가눌 수 있었다.

정신을 차린 그가 주변을 돌아보았다.

푸른색 마력의 기운이 충만한 곳.

온갖 마법 물품과 약재, 그리고 실험체들이 가득한 그곳은 바로 그의 비밀 연구실이었다.

오직 반지와 좌표를 기억하고 있는 자만이 입장할 수 있는 비밀의 공간.

"하하하, 건방을 떨더라니. 내 언젠가 이 치욕을 갚아 줄 것이다."

비록 강력한 적이긴 하나 음모를 꾸미는 영역에 관해선 그 누구보다 비상한 자신이 아닌가.

시간이 오래 걸릴지라도 반드시 이 치욕을 갚아 줄 것이라 다짐했다.

"기다릴 필요 있어? 지금 갚아."

일순간 멀린은 움직이지 못했다.

절대로 들려서는 안 될 타인의 음성, 그것도 마주하고 싶지 않은 유일한 음성이 들려왔기 때문이다.

느릿하게 고개가 돌아간다.

경악한 그의 눈동자에 비친 것은 정훈이었다.

눈앞에 그가 옅은 미소를 지은 채 서 있었다.

"길 안내는 잘 받았다."

흉계를 꾸미는 데 일가견이 있는 멀린이지만 그는 지금까지 정훈의 손바닥 안에서 놀고 있을 뿐이었다.

사실 이곳 비밀 연구실은 멀린을 제외하면 그 누구도 접근할 수 없는 게 맞다.

멀린 본인조차도 그렇게 인식하고 있었으나 오르비스의, 아니, 위대한 계획에 대한 모든 정보를 지니고 있는 정훈은 그곳으로 가는 다른 방법을 알고 있었다.

그 해답은 순간 이동의 권능을 지닌 멀린의 반지였다.

한주먹 캐릭터로 획득한 이 반지는 멀린의 공간 이동 반지의 모조품이다.

하지만 단순한 모조품이 아니다.

진품과 동조하여 같은 공간으로 이동할 수 있는 특별한 능력이 숨겨져 있던 것.

일부러 단숨에 끝내지 않고 멀린을 궁지에 몬 것도 공간 이동의 반지를 사용하도록 유도하기 위함이었고, 그 의도는 정확하게 들어맞았다.

"네, 네 녀석이 어찌!"

"어찌는 무슨. 세상에 불가능한 일은 없는 법이지."

서걱.

지금껏 감춰 두고 있었던 전력의 일검이 목을 베었다.

멀린의 놀란 눈동자 사이로 핏물이 베어 나옴과 동시에 목과 육신이 분리되었다.

왕이 되고자 했으나 저주받은 운명으로 인해 꿈을 이루지 못한 마법사.

고귀한 혈통의 꼭두각시 아서 왕을 내세워 배후에서 왕궁을 조종했으나 결국, 비참한 말로를 맞이했다.

정훈에게 비운의 대마법사에 대한 감상이 있을 턱이 없었다.

일검에 멀린을 죽인 그는 비밀 연구실을 뒤졌고, 얼마 지나지 않아 목표로 한 것을 찾을 수 있었다.

그토록 찾아 헤맸던 건 곧게 휘어진 나무 지팡이였다.

그것은 멀린이 젊은 시절 사용하던 박달나무 지팡이로, 일명 원소의 지팡이라 불리는 것이었다.

"이걸로 2개."

다른 수많은 보물이 많지만, 정훈이 궁극적으로 바란 건 바로 이 박달나무 지팡이가 하나였다.

등급이 높다거나 대단한 권능이 있어서가 아니다.

이것이 7막의 관리자, 해방의 열쇠 파편을 지닌 열쇠지기를 소환할 수 있는 아이템 중 하나였기 때문이다.

원소의 지팡이와 함께 진 엑스칼리버가 그 재료의 역할을 한다.

소환에 필요한 아이템은 총 8개로, 2개를 얻었으니 6개가 남은 셈이다.

"꽤 쓸 만한 게 많군."

원하는 아이템을 얻게 되자 이제야 다른 것들이 눈에 들어왔다.

과연 대마법사의 명성에 걸맞게 멀린의 비밀 연구실엔 온갖 무구와 마법 도구, 그리고 물약들이 널려 있었다.

최소 불멸급부터 태고급까지.

불행히도 태초급은 없었지만, 어차피 모든 태초급에 대한 정보를 지니고 있으니 미련은 없다.

렐레고의 부적을 발동해 주변 아이템을 보관함에 넣었다.

태초급 이외에 다른 무구를 사용할 일은 없겠지만, 준형이
나 신살에 소속된 이들은 다르다.

그들에게 연구실 안에 있는 무구는 엄청난 힘이 되어 줄 터.

하나도 남김없이 모조리 담았다.

―치느님의 공복도가 99퍼센트에 달했습니다.

갑작스러운 알림이었지만 그리 신경 쓰진 않았다.

요르문간드의 알에서 부화한 병아리, 치느님을 보관함에
넣은 후 지속적으로 들렸던 알림이었던 것이다.

혹시 하는 마음에 위대한 계획의 정보를 뒤져 이 삐약이에
관한 정보를 찾아봤지만, 그 어느 곳에서도 확인할 수 없었다.

결국, 쓸모없는 녀석으로 판단한 정훈은 지금껏 먹이를 챙
겨 줄 생각도 하지 않고 방치해 둔 상태였다.

공복도가 100퍼센트에 이르면 치느님은 사망하고, 이 지
겨운 알림에서도 해방될 수 있을 것이다.

오히려 치느님의 죽음을 기다리던 그때, 정훈은 뜻밖의 알
림을 들을 수 있었다.

―치느님이 매우 허기져 합니다.
―보관함에 많은 먹이들이 있군요. 허기진 치느님은 통제할 수 없을
것 같습니다.

"뭐야?"

뜻밖의 알림에 얼른 보관함을 열었다.

–치느님이 멀린의 수정 지팡이를 섭취했습니다.

그 짧은 순간 치느님은 태고급 지팡이인 멀린의 수정 지팡이를 섭취한 뒤였다.

"이 녀석!"

놀란 정훈은 재빨리 보관함을 열어 치느님을 꺼냈다.

"음?"

그리고 나타난 치느님을 본 정훈은 놀란 마음을 감추지 못했다.

전에는 보송보송하고 노란 병아리에 불과한 녀석이 몰라보게 달라져 있었기 때문이다.

노날히감 한 털은 부분적으로 주황색으로 물들어 있고, 덩치도 제법 커졌다.

물론 그래 봐야 병아리보다 약간 큰 영계 정도의 크기긴 하지만 변화는 그게 다가 아니었다.

부리도 제법 뾰족하게 길어진 데다 발톱도 상당히 날카롭다.

'이거, 그냥 닭은 아닌 것 같은데?'

어떻게 보면 닭과 유사해 보이나 그렇지 않다.

풍기는 분위기가 심상치 않은 것을 깨달은 정훈은 치느님의 세부 정보를 호출했다.

치느님

종족 : 닭
성향 : 지원
능력 : 포악한 식욕(4/99)   원소의 축복(90/99)
공복도 : 70퍼센트
성장도 : 3/99

전에는 볼 수 없었던 성향과 원소의 축복이라는 스킬을 볼 수 있었다.

'원소의 축복이라면……'

불현듯 깨닫는 바가 있었다.

원소의 축복은 멀린의 수정 지팡이가 지니고 있었던 권능 중 하나였다.

엉켜 있었던 실타래가 풀린다.

지팡이를 섭취한 치느님이 그 권능을 흡수했다.

그 말이 무엇을 의미하겠는가.

'먹이를 통해 스킬을 흡수할 수 있는 거구나!'

포악한 식욕이라는 게 무슨 능력인가 했더니 바로 이것을 뜻하는 것이었다.

"그냥 평범한 닭이 아니었구나!"

감탄한 정훈은 육성으로 소리를 내고 말았다.

처음에는 그저 아무런 능력도 없이 먹기만 먹고 똥이나 싸대는 멍청한 닭인 줄 알았더니 그게 아니었다.

섭취한 무구가 지니고 있는 일부 스킬을 흡수한다.

그것이 뜻하는 바가 무엇인가.

'내가 원하는 방향으로 육성할 수 있다.'

태고급 지팡이에 대한 미련이 싹 달아났다.

오히려 그 많은 무구 중에 지팡이를 먹은 것에 대해 감사를 해야 할 판이었다.

이전과 다른, 사랑스러운 눈길이 치느님에게 향했다.

"너를 훌륭한 지원 펫으로 만들어 주마."

정훈에게 필요한 건 공격이나 방어의 능력이 아니다.

이계에서도 무척 희귀한 능력 중 하나인 버프Buff의 권능을 갖춘 지원가였다.

보관함엔 이런 권능을 지닌 수많은 아이템이 존재한다.

아직 공복도가 70퍼센트나 남은 상황.

신이 난 정훈은 추리고 추린 무구를 치느님의 먹이로 던져 주었다.

정훈의 육신이 바람을 타고 쏜살같이 나아갔다.

원탁의 기사와 아서, 그리고 배후에서 카멜롯을 조종하던 멀린마저 처리했다.

왕국의 수장과 이를 보필한 기사들이 모두 공석인 상황. 하지만 공석을 채우는 일은 없었다.

아직은 해야 할 일이 많다.

본격적인 전쟁이 일어나는 건 아직 시간의 여유가 있었기에 중요 자리를 공석으로 남겨 둔 채 길을 떠났다.

목표는 노르탄. 사랑의 도피를 한 랜슬롯과 귀네비어의 흔적이 끊긴 곳이었다.

시공간을 초월하는 그의 움직임은 얼마 지나지 않아 그를 목표로 하는 곳으로 이끌었다.

"충!"

가장 먼저 그를 반긴 건 빈틈없이 에워싼 포위망, 바로 가웨인의 명에 의해 구축된 카멜롯의 병사들이었다.

현재 정훈의 신분은 원탁의 기사 말석.

모든 병사들이 정훈을 보자마자 경직된 자세로 경례를 했다.

쏟아지는 경례를 무시한 채 포위망 안으로 진입했다.

'포위만 하면 뭐 하나. 정작 찾지를 못하는데.'

빈틈없이 에워싸 봤자 아무런 의미 없는 일이다.

랜슬롯과 귀네비어는 이 포위망 속에서도 너무도 편안한 생활을 영위하고 있다.

바로 그의 눈앞, 분명 아무것도 없는 넓은 공터에서 말이다.

아래로 늘어뜨린 용광검을 하늘을 향해 치켜들었다.

스팟!

간단히 이루어진 그 동작에 공간이 갈라졌다.

비스듬히 기울어진 풍경이 사라지며 허상 속에 감춰져 있었던 본래의 공간이 나타났다.

자연적으로 만들어진 동굴.

한때는 짐승의 보금자리였을지 모르나 지금은 불륜을 저지른 두 남녀의 밀회 장소가 된 상태였다.

곧장 동굴 입구를 향해 발걸음을 옮겼다.

빛 한 점 들어오지 않는 어둠 속.

쉬익.

입구에 발을 들임과 동시에 매서운 바람 소리가 들린다.

두 번의 깨달음을 통해 얻은 절대의 감각이 아니라면 결단코 들을 수 없는 미약한 소리였다.

카캉!

어둠 속에서도 그의 눈은 대낮처럼 목표를 놓치지 않았다.

용광검이 경로를 가로막았고, 불똥이 튀었다.

불똥으로 인해 잠시 밝혀지는 내부.

그 앞에는 은색의 갑옷과 칠흑의 검신이 인상적인 검을 든 사내가 있었다.

"원탁의 기사?"

정훈이 걸친 솔로몬의 법의 오른쪽 위엔 원탁의 기사임을 나타내는 상징이 있다.

그것을 확인한 사내는 곧장 검을 물린 채 뒤로 물러났다.

"못 보던 얼굴이로군. 나를 죽이러 온 건가?"

당장에라도 죽일 것처럼 달려들던 조금 전의 기세는 없다.

신분은 확인한 후 대화를 하고자 하는 마음이 생긴 것이다.

"뭐, 그런 셈이지."

"혼자는 아닐 것 같고, 다른 기사들은 어디에 있지? 가웨인은?"

또 다른 기사들을 경계하는 금발의 사내는 바로 전 원탁의 기사인 랜슬롯이었다.

아무래도 원탁의 기사 중에서 가웨인을 유일한 라이벌로 여기고 있었던 탓에 그를 경계하고 있었던 것이다.

"가웨인? 미안하지만 그는 이곳에 오지 못했어. 하지만 걱정할 필욘 없을 거야. 이제 곧 녀석을 만나게 될 테니까."

"그게 무슨 소리지?"

"저세상에서 나란히 손잡고 놀아 보라는 소리!"

말을 끝맺으며 용광검을 휘둘렀다.

시간을 끌고 싶은 마음은 없다. 일격에 끝내기 위해 혼돈의 기운을 담아 용광검을 떨쳐 냈다.

콰아아!

검을 휘두르는 데 폭포에서 물줄기가 떨어지는 듯한 굉음을 동반했다.

검에 깃든 강력한 기운이 주변의 모든 것을 찢어발기고 있었기 때문이다.

혼돈의 기운은 존재하는 모든 것을 소멸시키는 종류의 것.

"흐압!"

그 압도적인 힘을 감지한 랜슬롯 또한 양손으로 아론다이트를 쥐어 전력을 다해 검을 휘둘렀다.

콰앙!

폭음과 함께 랜슬롯이 튕겨져 나갔다.

비록 피해를 입긴 했지만 멀쩡히 살아 있다.

지금껏 그 누구도 받아 내지 못한 절대의 기운이 처음으로 실패한 것이다.

하지만 어느 정돈 예상하고 있던 바였다.

아론다이트, 그것도 지금 랜슬롯이 들고 있는 건 모든 권능이 담긴 진 무기였다.

아론다이트의 고유 특성은 절대로 부서지지 않는 검.

혼돈의 기운이 아무리 막강하다 한들 시스템의 한계를 벗어나는 건 아니었다.

"랜슬롯!"

튕겨져 나가는 랜슬롯과 함께 뾰죽한 비명이 터져 나왔다.

동굴 안에는 랜슬롯만 있는 게 아니었다.

한때는 아서 왕의 왕비이자 이제는 불륜녀가 되어 버린 귀네비어.

이 아름다운 미녀는 오색영롱한 보석이 박힌 지팡이를 휘둘렀다.

동굴 안에 무지개가 생겨나고 이것이 랜슬롯에의 육신에 스며들었다.

"고맙소, 귀네비어."

상당한 충격에 정신을 놓고 있었던 랜슬롯이 정신을 차리고 말했다.

입가에 흘리고 있던 피도 멎었다. 귀네비어의 강력한 주술이 상세를 순식간에 회복시킨 것이다.

"함께 싸워요."

"아무래도 그래야 할 것 같소."

손을 맞잡은 두 사람이 정훈을 노려보았다.

패배를 모르는 기사와 이를 보조하는 절대 마력의 주술사.

아무리 강력한 힘을 지닌 입문자라 해도 이 둘의 협공을 깨는 건 쉽지 않은 일일 수밖에 없다.

"미안한데 내가 커플을 좋아하는 편이 아니라서."

용광검에 주입되니 절대의 기운이 장내를 잠식한다.

일반적이라는 말.

그것은 정훈에게는 통용되지 않는 말이었다.

다음 권으로 이어집니다

꿈의 도약, 로크에서 하십시오
(주)로크미디어에서 신인 작가를 모십니다

즐거운 세상, 로크미디어는 꿈을 사랑하고 도전을 두려워하지 않는 작가 분들의 참신한 작품을 기다리고 있습니다. 21세기 장르 문학계를 이끌어 갈 차세대 선두 주자 (주)로크미디어에서 여러분의 나래를 활짝 펴 보시길 바랍니다.

모집 분야 판타지와 무협을 포함한 장르 문학
모집 대상 아마추어 작가, 인터넷 작가
모집 기한 수시 모집
작품 접수 시 유의 사항
1. 파일명은 작가명_작품명.hwp형식을 갖춰 주십시오.
1. 파일에 들어갈 내용은 다음과 같습니다.
   - 성명(필명인 경우 실명을 밝혀 주세요), 연락처, 이메일 주소
   - 제목, 기획 의도
   - A4용지 1장 분량의 등장인물 소개
   - A4용지 2장 분량의 전체 줄거리
   - 본문
1. 작품이 인터넷에 연재되고 있다면, 게시판명과 사이트의 구체적이고 정확한 주소를 기재해 주십시오.

선택된 작품은 정식 계약 후 출판물로 간행되어 전국 서점에 유통됩니다.
작가 분은 (주)로크미디어의 전폭적인 지원하에 전속 작가로 활동하시게 됩니다.
※ 자세한 내용은 로크미디어 홈페이지(rokmedia.com)를 참조하세요.

(03920)서울시 마포구 성암로 330 DMC첨단산업센터 3층 314호
(주)로크미디어 편집부 신간 기획 담당자 앞
전화 : 02 - 3273 - 5135
www.rokmedia.com 이메일 : rokmedia@empas.com